Kurzzeit

Inhaltsangabe

Herstellung und Verlag:
Books on Demand GmbH, Norderstedt
ISBN: 978-3-8370-3416-5

Auf ewig Dein

Er wurde wach und wollte sich eigentlich weigern aufzustehen. Wozu? Es war doch sowieso Sinnlos. Er war 68 Jahre alt und der einsamste Mensch auf der ganzen Welt. So fühlte er sich zumindest. Gegen seinen Willen brachte er seinen Körper aus dem Bett und bewegte ihn in Richtung Badezimmer. Er kam zum Bad und machte Licht. Augenblicklich bohrte sich der Lichtstrahl in seine alten und müden Augen. Langsam und wiederwillig versuchte er seine Augen an das helle Licht zu gewöhnen. Erst verschwommen dann deutlicher, sah er sein Spiegelbild. Er blickte in ein trauriges, altes Gesicht. Man sah ihm die Strapazen des letzten Monates an und die Trauer. Schmerzlich wurde ihm wieder bewusst dass er jetzt wieder allein war. 40 Jahre war seine Lucy an seiner Seite. Sie hatten gute aber auch schlechte Zeiten hinter sich. Bis vor einem Monat. Er hatte sich damals gewundert dass er vor Lucy in de Küche stand. Ein Frühstück im Bett, damit wollte er sie überraschen. Mit dem Tablett in der Hand stand er dann im Schlafzimmer seiner Frau und redete mit ihr um sie zärtlich zu wecken. Er stellte das Tablett vorsichtig ab, denn es noch stockfinster in dem Zimmer. Er zog die Vorhänge zurück und die Sonne schien direkt auf das Bett seiner Frau. Er sah sie an und sie sah zurück. Er redete weiter mit ihr und als er sich mit dem Tablett zu ihr drehte merkte dass sie sich nicht bewegt hatte und immer noch zum Fenster starrte. Als sie nicht auf ihn reagierte, merkte er dass etwas nicht stimmte. Lucy schlief und stand nicht mehr auf. Sie war tot. Sie hatte ihn für immer verlassen. Das Tablett lag in Trümmern und Pfützen. Doch das war ihm egal. Wie von Sinnen versuchte er seine tote Frau zu wecken. Nachdem er unter Tränen neben ihr zusammen gebrochen war, streichelte er sie zärtlich über die kalten Wangen. Wie lange er so neben ihr lag wusste er nicht, aber als er merkte dass er nichts mehr tun konnte, schloss er ihr die Augen für immer. Er blickte in den Spiegel und merkte wie sich bei dem Gedanken an den Todestag seiner geliebten Lucy, wieder Tränen in seine Augen stiegen. Die letzten vier Wochen, fühlte er gar nichts, außer einer großen Leere. Wie in Trance, erlebte er die Beerdigung und die Zeit danach. Er überlegte sogar sich umzubringen um Lucy zu folgen. Doch in den letzten zwei Tagen kamen langsam die Lebensgeister zurück. Er begann sich und das Haus wieder zu pflegen. Doch jeder Gegenstand und überhaupt das ganze Haus erinnerte ihn an Lucy. Besonders die Sammlung kleiner Porzellanfigürchen , die Lucy gesammelt hatte. Da beide keine Kinder hatten oder sonst noch lebende Verwandtschaft, konnte er niemanden die Figuren vermachen. So überlegte er sie zu verkaufen. Er wusch sich und rasierte sich. Danach machte er sich einen Kaffee und setzte sich ins Wohnzimmer. Zum Fernsehen fehlte ihm der Antrieb und so sah er sich die fast fünfzig Figuren auf dem Regal über dem Fernseher an. Er erinnerte sich, wie Lucy sie immer pflegte und hegte. Sie konnte sich stundenlang damit beschäftigen, die Figuren zu Putzen und anders aufzubauen. Er belächelte ihr Hobby. Doch jetzt fingen sie an zu nerven. Immer wenn er sie sah musste er an Lucy denken. Er stand auf und holte sich aus der Kammer einen alten Umzugskarton. Er fing an alle Figuren in alte Zeitung einzuwickeln um sie dann in dem Karton verschwinden zu lassen. Lucy würde jetzt vor Wut schäumen. Als er fertig war klebte er den Karton zu und verstaute im hinteren Teil der Kammer. Als er zurück ins Wohnzimmer kam und sich setzte, fühlte er sich etwas besser. Doch fast im gleichen Moment, bekam er ein schlechtes Gewissen. Würde er jetzt alles aus seinem restlichen Leben verbannen was ihn an seine geliebte Frau erinnerte. Plötzlich hatte er Angst, er könnte sie vergessen. Er besorgte sofort Bilder von Lucy und stellte sie an die Stelle der Figuren. Jetzt fühlte er sich besser. Und er begann seinen Tag, so gut es ging, zu verbringen. Gegen Abend setzte er sich mit einem Bier vor den Fernseher und schaute sich mehrere Sendungen gleichzeitig an. Er zappte sich von einem Sender zum anderen. Als er plötzlich ein Geräusch hörte. Er schaltete seinen Fernseher ab um zu hören was es war. Es klang als würde jemand versuchen eine Tür leise zu öffnen. Er dachte zuerst an Einbrecher und bewaffnete sich mit der halbleeren Flasche Bier. Warum sollte jemand einbrechen? Erstens war hier wirklich nichts zu holen und zweitens: es würde doch niemand versuchen wenn er sah das noch jemand wach war. Vorsichtig lugte er in den dunklen Flur, die Bierflasche noch fester im Griff. Er konnte nichts sehen. Nun dreh mal nicht durch. Sagte er zu sich selbst und zwang sich die zwei Schritte zum Lichtschalter zu machen. Hell leuchtete die Flurlampe und nun sah er dass die Tür zur Kammer offen stand. Hatte er sie nicht abgeschlossen? Wohl nicht. Erleichtert, dass es kein Einbrecher war, schloss er die Kammertür. Um sicher zu gehen, dass sie sich nicht wieder selbstständig machte, schloss er sie zu und zog den Schlüssel ab. Den Schlüssel nahm er mit und steckte ihn sich in die Hosentasche. Er maß dem Vorfall keinerlei Bedeutung zu, dass sollte sich bald ändern, sehr bald. Er nahm sich am nächsten Tag vor einige Dinge im Haus zu ändern. Zu viel erinnerte ihn an Lucy. Er plante früh aufzustehen und alles in Angriff zu nehmen, darum ging er schon frühzeitig zu Bett. Er schlief auch sofort ein. Wach wurde er nicht durch seinen Wecker, sondern durch ein lautes Geräusch von unten im Haus. Es war noch dunkel. Er blickte zur Uhr, es war halb drei Uhr morgens. Er setzte sich auf. Was war es nur für ein Geräusch? Er zog sich seine Hose an und schlüpfte in seine Pantoffeln. Da hörte er es wieder. Es klang als würde etwas Schweres über den Boden geschoben werden. Er schaute vorsichtig die Treppe runter und versuchte etwas zu erkennen, er sah nichts. Er lauschte, konnte aber nichts hören. Das Telefon stand unten im Wohnzimmer. Er schlich so leise er nur konnte die Treppe runter. Er hielt zweimal an und lauschte in die Dunkelheit. Unten angekommen tastete er nachdem Lichtschalter. Er hielt inne und überlegte ob es eine gute Idee wäre jetzt das Licht anzumachen. Plötzlich hört er wieder das Geräusch. Er legte den Schalter um und blickte in die Richtung des Geräusches. Seine Augen brauchten einen Augenblick, um sich an das Licht zu gewöhnen. Er sah eine Bewegung, doch was es war konnte er nicht definieren. Etwas anderes ließ in das eben Gesehene verdrängen. Die Kammertür stand weit offen. Das war nicht alles. Man konnte erkennen dass etwas über den Boden geschoben wurde. Die Spur führte von der Kammer zum Wohnzimmer. Er stand da und konnte es nicht fassen. Der Schlüssel den er vor wenigen Stunden in seine Hosentasche gesteckt hatte, steckte jetzt in der Tür zur Kammer. Das war zu viel. Er beeilte sich zum Telefon zu kommen. Zittrig wählte er die Notrufnummer der Polizei. Noch dem Freizeichen meldete sich am anderen Ende der Leitung, eine übertrieben freundliche Stimme: " Sie haben den Notruf der Polizei gewählt. Bitte warten sie!" Er verdrehte die Augen und wartete, mit ans Ohr gepresstem Hörer. Als er sich umdrehte entdeckte er den Karton den er in die Kammer gebracht hatte. Er stand offen mitten im Raum. Mit dem Telefon am Ohr beugte er sich weiter vor, um in den Karton zu blicken. Er war leer. Sein Blick fiel auf das Regal über dem Fernseher. Vor Schreck fiel ihm der Hörer aus der Hand. Auf dem Regal standen alle Porzellanfiguren, die er vorhin weggeräumt hatte. Als hätte er sie nie berührt. Es war jemand im Haus, da war er sich jetzt sicher. Leise hörte er am Telefon jemanden rufen:" Hallo, ist Jemand da? Melden sie sich." Zitternd nahm er den Hörer hoch: " Helfen sie mir! Bei mir ist jemand eingebrochen." Mit ängstlicher zitternder Stimme nannte er dem Beamten Name und Anschrift. Beruhigend sprach dieser mit ihm bis zwei Polizisten mit Blaulicht eintrafen. Bevor sie klingeln konnten, schloss er die Tür auf. Die beiden Beamten traten ein. " Was ist passiert?" fragte der größere der Beiden. " Ich weiß es nicht, ich bin durch ein Geräusch geweckt worden. Als ich nach schaute, waren einige Sachen im Haus verändert." Die Beamten hörten aufmerksam zu. " Bleiben sie hier, dürfen wir uns im Haus umsehen?" Er nickte. Sorgfältig durchsuchten die beiden das gesamte Haus. "Wir haben nichts gefunden was auf einen Einbruch hinweist. Es ist niemand im Haus, außer ihnen." Er war wie vor den Kopf gestoßen. " Aber es muss jemand hier gewesen sein. Wer sollte sonst..." Der große Polizist schickte seinen Kollegen in den Garten um diesen zu überprüfen. " Wen er dort auch nichts findet, müssen sie sich geirrt haben." Er sah den Beamten an: " Ich will ihnen etwas zeigen." Er führte den großen Mann zu dem Regal über dem Fernseher." Hier. Meine verstorbene Frau hat die Dinger hier gesammelt. Um nicht an sie erinnert zu werden, habe ich sie gestern Abend in diesen Karton gepackt und in der Kammer eingeschlossen. Wen keiner hier gewesen ist, wer hat die Figuren dann wieder hin gestellt?" Der Beamte sah mitleidig an. " Sie sind vielleicht doch verwirrter als sie denken. Sie sagen ihre Frau ist verstorben. Wenn ich fragen darf? Wie lange ist es denn her?" " Einen knappen Monat." Der Polizist nahm seine Mütze ab. " Wollen wir uns setzen?" Er nickte. Sie setzten sich. " Ich sehe es öfter. Sie haben einen großen Verlust erlitten und jeder kann es nicht verarbeiten. Es gibt Leute die ihre Trauer laut raus heulen und andere die still trauern. Ich glaube dass sie vielleicht Hilfe bei ihrer Trauerarbeit brauchen." Er merkte dass der Polizist ihn für verrückt hielt. Er war nicht verrückt, doch er nickte dem Mann zu, der es nur gut mit ihm meinte. " Vielleicht haben sie recht. Vielleicht haben mir meine Sinne einen Streich gespielt. Ich danke ihnen trotzdem. Es geht mir schon besser. Ich werde meinen Arzt morgen besuchen." Der Polizist grinste. Ob er merkte dass er ihm etwas vormachte? Egal er wollte auf keinen Fall, für verrückt gehalten werden. Er musste selbst herausfinden was hier los war. "Ich möchte sie nicht länger aufhalten, sie haben sicherlich besseres zu tun. Ich bin auch sehr müde. Vielen Dank." Der Polizist setzte seine Mütze wieder auf, sprach ihm sein Beileid aus und ging. Er ging zum

Fenster und sah wie der Wagen wieder los fuhr. Er hatte einen Plan. Er würde schon herausfinden wer hier seinen Schabernack treib. Zuerst kontrollierte er die Schlüssel. Sie waren alle da. So hatte sich also keiner Zugang verschafft. Als nächstes ging er in die Küche und holte sich ein Paket mit Mehl aus dem Schrank. Dann machte er sich daran die Figuren wieder vorsichtig in den Karton zu packen. Er packte den Karton wieder in die Kammer. Er schloss die Tür ab und begann eine geschlossene Schicht Mehl zu verteilen. In einem Umkreis von drei Metern konnte nun nichts und niemand an die Kammer heran kommen, ohne seine Spur zu hinterlassen. Er holte aus dem Wohnzimmer eine Taschenlampe und seine Kamera und legte sich im Treppenhaus auf die lauer. Es begann schon hell zu werden. Blutrot sah er die Sonne durch ein Fenster aufgehen. Als es so hell war das er seine Taschenlampe nicht mehr benötigte, beschloss er aufzugeben und am Abend fortzufahren. Er dachte bei sich im hellen wird es wohl keiner wagen. Doch weit gefehlt. Als am Nachmittag vom einkaufen wieder kam, konnte er es kaum fassen. Die Mehlschicht die er ausgebracht hatte, war fein säuberlich zusammen gefegt worden. Und wieder stand die Kammertür weit offen. Natürlich waren keine Spuren mehr zu sehen. Im Wohnzimmer standen die Figuren wieder in Reih und Glied. Er musste sich setzen. Wer trieb so böses Spiel mit einem alten einsamen Mann. Wollte ihn jemand in den Wahnsinn treiben. Er wäre bald erfolgreich. Es dämmerte schon als er damit fertig war, die Figuren erneut zu verpacken und in der Kammer zu verstauen. Wieder verteilte er Mehl auf dem Boden dieser verdammten Kammer. Mit Taschenlampe und Kamera bewaffnet setzte er sich auf die obere Treppe, von der einen guten Blick auf die Kammertür hatte. Er saß im dunklen und lauschte auf jedes Geräusch. Die ganze Zeit überlegte er wer einen Vorteil von so einer sinnlosen Tat hätte. Aber ihm fiel keiner ein. Er hatte keine Feinde, zumindest keine die noch lebten. Aber wer war im Stande so etwas zu tun. Er wurde hellhörig durch ein knirschendes Geräusch, von unten. Er nahm langsam seine Taschenlampe in Anschlag und zielte in Richtung Kammertür. Er atmete tief ein und drückte dann den Schalter an der Lampe. Hell leuchtete sie den unteren Flur aus. Fußabdrücke waren im Mehl zu erkennen und die Tür war offen. Er hörte geschockt dass anscheinend jemand in der Kammer war. Langsam, um jedes Geräusch zu vermeiden, schlich er die Treppen runter. Er kam der Kammer näher, anscheinend unbemerkt. Plötzlich wurde der Karton mit Schwung aus der Kammer geschoben. Wie versteinert blieb er stehen und wartete auf den Übeltäter. Doch anstatt einer wahrhaftigen Person, erschien nur ein Schleier, ein Dunst ohne festen Körper. Ein Geist, schoss es ihm durch den Kopf. Im selben Moment entwich ihm ein spitzer Schrecken schrei. Der Schleier löste sich nach einem kurzen Aufflackern auf. Zurück blieben nur der Karton und ein Duft von Rosen. Sein Herz raste. Er lehnte sich keuchend an die Wand, obwohl er am liebsten aus dem Haus gerannt wäre. Es war ein Geist, so viel stand für ihn fest. Er kam langsam wieder zu sich. Der Geruch lag immer noch in der Luft und er war sich sicher dass er ihn kannte, nur woher? Er machte Licht und sah sich die Spuren im Mehl an. Es waren die nackten Abdrücke eines Menschen. Ein ziemlich zierlicher und kleiner Fuß. Dann viel ihm wieder der Geruch auf. Sein Blick fiel wieder auf die Abdrücke. Nackte Füße und das

Parfum? Er musste sich auf den Treppensatz setzen. Er sah mit einmal alles klar. Lucy war immer Barfuß durchs Haus gelaufen und das Parfum hatte er ihr zum letzten Valentinstag geschenkt. Lucy war als Geist zurück gekehrt, er war sich sicher. Aber warum? Er hatte gehört dass Menschen nur zu Geistern werden, wenn sie auf Erden noch etwas zu erledigen haben. Was hatte Lucy noch hier zu erledigen? Ihm war schwindelig. Er hatte vier Wochen gelitten wie ein Hund. Sie war wieder da. Er fragte sich wie er mit ihr in Kontakt treten konnte und was hatte sie noch zu erledigen? Er war völlig in Gedanken vertieft und merkte nicht dass der Schleier sich hinter ihm wieder aufbaute. Erst kaum wahrnehmbar, dann immer deutlicher und größer. Er war von seinen Gefühlen überwältigt, das ihm die Tränen in die Augen stiegen. Er wollte sich aufraffen und den Karton zurück in die Kammer schieben, als ihm auffiel das der Duft von Lucy´s Parfum immer stärker wurde. Er hatte das Gefühl das hinter ihm jemand stand und ihn ansah. Er fasste allen Mut zusammen und drehte sich um. Er blickte in das wunderschöne Gesicht seiner toten Frau. Sie sah wieder jung aus. Genauso wie er sie damals zum ersten Mal sah. Er fing, vor Glück an zu weinen. Er sah sie an. Sie lächelte ihn an. " Warum bist du wieder da? Nicht das ich mich nicht freue." Mehr brachte nicht heraus. Sie zwinkerte ihm zu und zeigte mit dem Finger auf ihn. " Was meinst du? Sprich mit mir, bitte." Lucy schüttelte den Kopf und legte den Zeigefinger auf die Lippen. " Du kannst nicht reden?" Er wischte sich die Tränen weg und lächelte sie an. Sie nickte und lächelte zurück. " Warum hast du die Figuren immer wieder heraus geholt?" Ihre Miene verdunkelte sich. Dann zeigte sie auf den Karton und dann auf sich. Er nickte. " Es sind deine und du willst dass sie da stehen bleiben?" Sie verschränkte die Arme vor der Brust und nickte. Er musste ein wenig lachen. Typisch Lucy. " Und deswegen bist du wieder zurückgekehrt, wegen der Figuren?" Sie sah in liebevoll an und schüttelte den Kopf. " Aber warum dann?" sie schwebte in Richtung Wohnzimmer. Dort angekommen winkte sie ihn heran. Er folgte ihr, neugierig. Er machte sich nicht einen Augenblick Gedanken darüber dass er einem Geist folgte. Im Wohnzimmer zeigte sie auf ihr Hochzeitsfoto. Um ihm deutlich zu zeigen worum es ihr ging. Ihr Finger glitt über die Schrift auf dem Foto. Er sah hin, obwohl er wusste was da stand. Dort stand in verschnörkelter Schrift " Auf ewig Dein!" Er sah Lucy an, die langsam aus dem Zimmer in den Flur glitt. Er ging ihr hinter her."Was meinst du damit? Heißt das dass du für immer hier bei mir bleibst?" Sie sah in traurig an und schüttelte langsam ihren Kopf. Sie drehte sich um und schwebte die Treppen hinauf. Er folgte ihr. Auf dem oberen Treppenabsatz wartete sie auf ihn. Er kam ein wenig außer Atem bei ihr an. " Was musst du noch hier erledigen? Sag es mir. Und bitte verlasse mich nicht mehr. Die Zeit ohne dich war die Hölle." Sie lächelte breit und schwebte um ihn herum. Sie streckte ihre Hand aus, um seine Gesicht zu berühren. Doch die Berührung blieb aus, außer einem kribbeln an der Wange spürte er nichts. Er sehnte sich nach ihr. Sie schwebte ein Stück von ihm fort und öffnete die Arme. Er wollte die Umarmung erwidern und machte zwei Schritte auf sie zu. Der zweite Schritt besiegelte sein Schicksal, der Schritt ging ins leere und er fiel die Treppe herunter. Während er fiel sah er Lucy die immer noch lächelte. Er verstand jetzt was sie meinte und lächelte zurück."Auf ewig Dein" Rief er ihr im Fallen zu. Der Schrei endete abrupt, als sein Genick laut krachend brach. Er war tot. Wenn jetzt jemand anwesend gewesen wäre hätte er zwei nebulöse Gestalten im Treppenhaus sich umarmen sehen, Bis sie verschwanden. Auf Ewig!

Die Spirale

Es war eine laue und schöne Spätsommernacht in Liverpool. Rob Stinger kam grad vom Training mit seinen Jungs und Mädchen. Er war in Gedanken versunken und bemerkte nicht dass er beobachtet wurde. Rob trainierte Selbstverteidigung und Boxen, mit sogenannten jugendlichen Problemkindern. Doch die meisten von ihnen waren keine Problemkinder, nein sie hatten Problemeltern oder ein Problemumfeld. Er holte sie von der Straße, wenn sie es zu ließen, und zeigte ihnen was mit Disziplin und Willenskraft erreichen kann. Er hatte in seiner zehnjährigen Laufbahn als Trainer schon vielen jungen Menschen den Weg zurück auf die gerade Bahn geebnet. Was die wenigsten wussten, Er war ein gelernter Killer und Soldat. Er war als junger Mann in die Fremdenlegion eingetreten und hatte durch seine harte Ausbildung dort gelernt wie man sich mit Waffengewalt andere Menschen Untertan macht. Er hatte aber auch die negativen Seiten der Gewalt gesehen, sprich die Opfer. Nach seiner fünfjährigen Dienstzeit bei der Legion wurde er entlassen und wurde Söldner. Er war ein Mann ohne Gewissen, bis zu dem Tag der sein Leben völlig veränderte. Er wurde aus seinen Gedanken zurück in die Gegenwart gerissen. Er sah etwa zweihundert Meter von ihm entfernt eine Gruppe von fünf Jugendlichen, die sich auffällig unauffällig verhielten. Rob überlegte ob er dieser Situation aus dem Weg gehen sollte und einen Bogen um die kleine Gang machen sollte. Doch wie so oft ging er keiner noch so prekären Situation aus dem Weg. Er wurde langsamer und beobachtete die Jugendlichen um eventuelle Gefahren auszumachen. Die fünf unterhielten sich und blickten abwechselnd in seine Richtung. Man roch förmlich was sie vorhatten. Rob blieb stehen. Er war jetzt noch gut hundert Meter entfernt. Er musste an die Zeit auf dem Balkan denken. Keine sehr schöne Zeit, denn dort war er oft solchen kritischen Situationen ausgesetzt. Den in diesem Krieg waren fast alle Soldaten ohne Uniform unterwegs und man erkannte meist erst wenn es zu spät war an wen man geraten war. Er spürte wie sein Pulsschlag sich erhöhte. „Ruhig" dachte er."Es sind noch Kinder und nicht schwer Bewaffnet" Wieder musste er an die Toten denken die auf sein Konto gingen. Besonders an den alten Mann auf dem Balkan. Es war der Tag an dem sich sein komplettes Söldnerleben ins Gegenteil wandelte. Alles wegen dieses Mannes von dem er nicht einmal den Namen wusste. Es war in der Gegend um Sarajewo, er befand sich im Kampf gegen feindliche Heckenschützen. Rob wurde damals in ein Feuergefecht verwickelt in dem die meisten seine Kameraden schwer verwundet oder getötet wurden. Als die Waffen endlich schwiegen und der Rauch sich verzogen hatte, sah Rob auf mehrere Zivilisten, die unabsichtlich in die Feuerlinie gekommen waren. Er verließ seine Deckung und sah nach ob er noch Überlebende fand die es zu versorgen galt. Alte Männer, Frauen und das schrecklichste auch ein paar Kinder wurden getötet. Rob versuchte noch Lebende zu finden und beugte sich über die schrecklich entstellten Kadaver. Tränen stiegen ihm in die Augen als er eine Mutter mit ihrer kleinen toten Tochter sah. Beide lagen sich in den Armen. Er sank auf die Knie und fing an zu Heulen und zu schreien. Als plötzlich etwas seinen Arm umklammerte. Er drehte sich in die Richtung und sah in das blutige Gesicht eines alten Mannes. Rob wischte sich die Tränen aus den Augen. Im selben Moment brach der Alte zusammen und fiel ihm in die Arme. Rob fing ihn auf und ging trotzdem mit ihm zu Boden. Aus mehreren Schussverletzungen blutend, redete der Alte. Erst auf Jugoslawisch und als er merkte dass er nur die Hälfte verstand, begann er im gebrochenen Englisch. „ Du nicht mein Feind, du aber auch kein Freund. Ich sehe Gutes in Auge, bei dir. Du musst helfen nehmen." Rob sah dass er einen Sterbenden im Arm hielt. Der Alte sprach weiter: „ Gib Hand zu mir." Er streckte ihm seine alten und blutverschmierten Hände entgegen. Als Rob seine Hände in die des alten Mannes lag seufzte der noch einmal tief auf und sank in sich zusammen. Er war Tod. Im selben Moment war es als wäre er vom Blitz getroffen worden. Er wurde mit einer unglaublichen Wucht von dem Toten weg geschleudert. Er dachte schon ein Heckenschütze hätte ihn erwischt. Deshalb untersuchte er sich nach der sehr harten

Landung ganz genau. Er fand nichts, bis er zu seinen Händen kam. Er dachte der Schmerz in seiner Hand rührte von dem Aufprall, aber als er sie an sah glaubte er es nicht. Es war keine normale Wunde, es war ein Brandmal. Als hätte er ein glühendes Eisen in die Hand genommen. Nun erkannte er das Symbol, das sich jetzt auf seinen Handinnenflächen befand. Es war eine Spirale die perfekte Rundungen hatte. Es war eine Brandnarbe, aber sie sah aus als hätte er sie schon Jahrzehnte. Als er zu dem alten Mann blickte sah er dessen Hand, die ihn eben noch berührte. Er konnte sehen wie aus seiner Handinnenfläche eine Spirale langsam verschwand. Er ging näher und sah in das Gesicht des Toten. Er lächelte zufrieden, als würde er nur schlafen.

Rob rieb seine Hand und er wusste nur zu genau was dieses Jucken zu bedeuten hatte. Er sah wieder zu den fünf Gestalten. Er ging weiter. Sein Weg führte ihn genau an ihnen vorbei. Rob war wie elektrisiert, als er an den Jungen vorbei ging. Jederzeit bereit einen Angriff abzuwehren. Aber nichts geschah. Er ging weiter ohne sich nochmal umzudrehen. Nach wenigen Metern hörte er schnelle Schritte hinter sich. Er sah sich um und sah das nur wenige Meter vor ihm eine Straßenecke die von seiner Position nicht einzusehen war. Mit zwei schnellen Sätzen war er hinter der Ecke verschwunden und wartete auf seinen Verfolger. In einer Nische verbarg er sich vor seinen Verfolgern. Und wie geplant liefen zwei der jugendlichen an ihm vorbei. „ Wo ist der alte sack hin eben war er doch noch vor uns. Mist." Sagte einer der beiden. Aus seinem Versteck beobachtete Rob die beiden. „ Dann lassen wir es. Komm lass uns wieder zurück." Sagte der offensichtlich Jüngere. Der Ältere baute sich vor ihm auf. „ Spinnst du wir brauchen Kohle für Stoff. Ich bin schon..." In diesem Moment entdeckte er Rob. „ Wen haben wir den da! Dachtest wohl du kannst uns verarschen. Egal, jetzt her mit deiner Brieftasche und deiner Uhr. Sonst garantiere ich für nix." Rob trat einen Schritt hervor. Sein Gegenüber hatte ein Butterfly Messer gezogen und klappte es fuchtelnd auf. Unbeeindruckt sah Rob ihn an. „ Hörst du schwer? Geld und Schmuck her sonst stech ich dich ab!" Rob lächelte ihn. „ Diesen Gefallen tue ich dir nicht. Aber ich gebe dir die Chance dein Vorhaben nochmal zu überdenken. Sonst garantiere ich für

einen längeren Krankenhausaufenthalt und Knast."
Sein Messer schien die Wirkung verfehlt zu haben.
Normalerweise fingen seine Opfer immer an zu
zittern und gaben ihm alles was er wollte. „ Ohh, ein
ganz mutiger. Stan ich glaube wir haben hier einen
Helden. Komm her und sie dir an wie man mit so
einem fertig wird." Stan hatte sich im Hintergrund
gehalten und wollte eigentlich nur noch abhauen. „
So und jetzt Schluss mit dem Rumgelaber. Her mit
der Kohle." Stan hatte Angst. „ Chris der Typ ist
mir nicht geheuer. Lass uns abhauen." Chris ein etwa
einen Meter achtzig großer und breitschultriger
Mann, schien das nur noch mehr anzustacheln. „ Ich
werde schon fertig mit dem Großmaul." Obwohl er
groß und stark aussah, sah man ihm seine
Drogensucht an. Sein Gesicht war eingefallen und
seine unreine Haut war fettig und von Pickeln
übersät. „ Ich warne euch ein letztes Mal." Rob
wurde lauter und schüchterne den jungen Stan ein,
aber sein Kumpel drehte durch. Er brauchte Stoff
und es war ihm egal wie er daran kam. Mit einem
wilden Schrei stürzte er sich auf Rob und stieß mit
dem Messer in Richtung von Robs Brust. Im letzten
Moment drehte dieser sich von seinem Angreifer

weg, so dass der mächtige Messerstoß ins Leere ging. Fast im selben Moment griff Rob sich den Arm von Chris und nutzte dessen Stossenergie um ihn den Arm auf den Rücken zu drehen. Chris wusste noch nicht was hier mit ihm passierte, als er spürte wie seine Schulter sich knirschend aus dem Gelenk drehte. Er landete krachend auf dem Boden. Und realisierte erst jetzt den unbarmherzigen Schmerz in seiner Schulter. Der Schrei war bestimmt in der ganzen Gegend zu hören. Rob hob das Butterfly auf und schmiss es in ein naheliegendes Gebüsch. Er wandte sich an Stan, der mit weit aufgerissenem Mund da stand und nicht einmal an weglaufen dachte. „ Was ist mit dir? Bist du auch auf mein Geld scharf?" Kopfschüttelnd sah Stan ihn an. „ Nein, Sir! Es tut mir leid. Ich wollte es nicht, bitte tun sie mir nix." Rob stand vor ihm und sah ihm in die Augen. Sehr tief in die Augen. „Wer bist du und wie alt bist du? Und warum bist du in so schlechter Gesellschaft?" Stan sah Rob in die Augen und wurde ruhiger. Die Angst wich. Die Aufmerksamkeit der Beiden wurde von dem sich am Boden krümmenden und schreienden Chris abgelenkt. „ Wir beide unterhalten uns später. Jetzt muss ich mich erst mal um diesen Junkie hier kümmern." Er hörte wie sich Sirenen näherten. Rob sah den Jungen an: „ Du verschwindest jetzt besser. Ich halte dich aus dieser Sache fürs erste raus, wenn du in einer Stunde vor meinem Trainningscenter wartest und wir uns dann unterhalten. Ach ja und gehe nicht zu dieser Gang zurück." Stan hörte die Sirenen jetzt schon sehr nah. Er nickte schnell und verschwand. Rob wandte sich an den jetzt nur noch wimmernden Chris. Er hockte sich neben seinen vermeintlichen Angreifer. „ Nun zu dir. Meiner Meinung nach bist du nicht mehr zu retten. Für dich ist es am besten wenn du im Knast einen Entzug machst." Chris sah ihn an, sein Gesicht zu einer wütenden Grimasse verzogen. „ Ich mach dich fertig. Wenn ich wieder raus komme kill ich dich!" Rob grinste. „ Nun gut wenn du so willst." Er sah sich um, viel Zeit blieb ihm nicht mehr bis die Beamten auf tauchen würden. Er nahm seine Hand und drückte sie dem am Bodenliegenden auf die Stirn. Augenblicklich war Chris ruhig und starrte Rob an. Rob rückte näher an Chris: „Du wirst gestehen das du mich allein überfallen hast, verstehst du. Du warst allein." Chris versuchte zu nicken, war aber wie gelähmt.

Alle seine Gliedmaßen zitterten, als würde jemand an ihnen zerren. Als Rob seine Hand von seiner Stirn nahm, spürte er immer noch diesen Schmerz in der Schulter. Aber etwas war anders. Er sah Rob erstaunt an. Das verlangen nach dem nächsten Schuss war verschwunden. Das erste Mal seit fünf Jahren war das ständige verlangen nach Drogen weg. „ Was hast du mit mir gemacht? Was zum Teufel..." Er konnte nicht mehr weiter reden, Zwei Streifenwagen hielten mit quietschenden Reifen vor ihnen und die Beamten sprangen aus ihren Wagen. Noch bevor die Beamten sie erreichten sagte Rob zu Chris: „ Das ist deine Chance clean zu werden nutze sie. Denk dran du warst allein." Chris nickte schwach. Die Beamten griffen sich Rob als vermeintlichen Täter. Bis er die Situation erklären konnte. Für Chris wurde ein Rettungswagen gerufen in den er kurze Zeit später in Handschellen gefesselt geladen wurde. Kurz bevor sich die Türen schlossen sah Chris noch einmal dankbar an. Er fühlte sich trotz seiner Schmerzen befreit. Der Wagen fuhr los und Rob redete noch eine Weile mit den Beamten und wurde dann von ihnen allein gelassen.

Rob machte sich schnell auf den Weg zu seinem Trainingscenter. Hoffentlich würde der kleine dorthin kommen. Am Center angekommen, schloss Rob die Tür auf und sah sich um. Er spürte dass er beobachtet wurde. Stan versteckte sich in einem Gebüsch in der nähe und sah Rob wie er die Tür des Centers öffnete. Stan las die Lettern über dem Eingang."Jeder verdient eine Chance!" Er sah wie Rob sich umdrehte und sich suchend umsah. „ Komm, jetzt raus wir haben nicht die ganze Nacht Zeit!" Stan war sich nicht sicher, aber er trat aus dem Gebüsch hervor. Er sah wie ihn Rob anlächelte. „ Gut, komm mit rein ich mach uns erst mal einen Tee." Stan fühlte sich unsicher. Wer war der Mann? Was wollte er von ihm. Stan hatte schon schlechte Erfahrungen gemacht, mit solchen Typen die auf Jungen in seinem Alter standen. Er zögerte. „ Was wollen sie von mir? Warum haben sie mich nicht verpfiffen?" Rob sah dass Stan zweifelte. „ Ich möchte dir helfen. Kennst du dieses Center?" Stan schüttelte den Kopf. Rob machte einige Schritte auf Stan zu. „ Das ist mein Haus. Hier unterrichte ich Kinder und Jugendliche in Selbstverteidigung und Boxen. Zu mir kommen die Jugendlichen die eigentlich keine Chance haben. So wie du. Wenn du willst zeige ich dir alles. Ich lasse die Tür auch offen." Rob lächelte und Stan fühlte sich schon ein wenig besser. „ Was ist mit Chris? Was haben sie mit ihm gemacht?" Rob stellte sich neben Stan. „Deinen Freund geht es den Umständen entsprechend gut. Er ist im Polizeigewahrsam. Das Beste für ihn. Was ist mit dir? Kannst du dir vorstellen warum ich dich nicht der Polizei übergeben habe?" Stan hatte bis jetzt noch nie Hilfe von anderen erfahren. Er schüttelte den Kopf. „ Ich habe in deine Augen gesehen dass es für dich noch nicht zu spät ist. Ok, du nimmst Drogen. Ich glaube aber noch nicht so lange dass man dich davon nicht los bekommen würde. Aber nur wenn du bereit bist. Denn wenn du nicht willst, brauchen wir nicht weiter reden. Ich zwinge dich zu nichts. Es könnte hart werden. Aber es lohnt sich." Rob sah Stan fest in die Augen. „ Ich geh jetzt und setze uns einen Tee auf. Du kannst dir überlegen was du willst. Willst du weiter wie bisher mit deiner Gang rumhängen und irgendwann, wie Chris enden. Oder willst du eine Chance, dein Leben zu ändern. Oder besser gesagt willst du ein Leben. Jetzt ist es an dir, du musst den ersten Schritt wagen." Mit diesen Worten marschierte Rob ohne sich umzudrehen in das Center und ließ einen erstaunten Stan zurück. Er wusste dass Stan ihm folgen würde. Und so war es. Stan ging zögernd auf den Eingang des Centers. Er sah sich um als er eintrat. Auf den ersten Blick, sah es aus wie ein normales Fitnessstudio. Nur das im Eingangsbereich keine Pokale und Urkunden hingen, sondern Fotos und Danksagungen. Stan sah sich genauer an. „ Ich danke Rob, der wie ein Vater für mich war, für seine Hilfe. Ohne ihn wäre ich jetzt Tot oder im Gefängnis." Etwa Dreißig dieser Briefe hingen eingerahmt im Spalier an der Wand. Und alle waren auf die eine oder andere Weise mit einer oder mehreren Spiralen verziert. Die Fotos zeigten Jungen und Mädchen die freundlich in die Kamera lächelten. Sie sahen alle zufrieden aus. Stan ging weiter. Er kam in eine große Halle in der Mitte ein Boxring. Dem Boden des Ringes sah man an das er schon länger in Gebrauch war. Diverse Flecken darauf sagten Stan, dass die die diesen Ring benutzten und Blut und Schweiß dafür verloren. In der nähren Umgebung des Ringes fand Stan Boxsäcke, Punchingbälle und Boxbirnen. Es roch wie in einer alten Turnhalle, nach Schweiß und Anstrengung. Weiter hinten vor einer Spiegelwand, war Mattenboden zu einem Quadrat ausgelegt. Es sah aus wie ein Karatedojo. An der Wand hingen Übungsanleitungen. Stan spürte wie sein Körper nach Heroin verlangte und begann leicht zu zittern. Er überlegte wieder abzuhauen und zu seinen Leuten zugehen. Die würden ihm bestimmt etwas geben. Er drehte sich um und plötzlich stand Rob vor ihm. „ Na, schön dass du dir überlegt hast. Möchtest du jetzt Tee?" Rob versuchte so freundlich wie nur irgend möglich zu sein. „ Ich möchte.. ich." Rob sah in wieder tief in die Augen. „ Ich sehe schon dir geht's nicht gut. Komm mit in mein Büro. Keine Angst ich will dir nur helfen. Wir unterhalten uns nur trinken einen Tee und wenn du dann abhauen möchtest kannst du gehen." Stan nickte, ihm war kalt und Tee war wohl genau richtig jetzt. Rob sah dass Stan Entzugserscheinungen hatte. Rob stellte ihm einen dampfenden Becher mit Earl Grey hin und bot ihm einen Platz auf einer abgewetzten Couch an. Er selbst pflanzte sich in einen alten Ledersessel, der neben der Couch stand. Stan setzte sich gern hin, in der Hoffnung dass Rob nicht das immer stärker werdende Zittern seiner Hände sah. „ Was wollen sie von mir? Es tut mir leid das wir sie überfallen haben." Rob hob die Hand. „ Moment, darum geht es mir nicht." Rob stellte seinen Becher hin und sah Stan in seine geröteten Augen. „ Ich hätte woanders entlang gehen können. Ich tat es nicht weil ich wusste das ihr es versuchen würdet." Stan sah ihn erstaunt an: „ Sie, äh du wusstest..." Er brachte den Satz nicht zu ende. „ Ich heiße Rob Stinger. Du darfst mich gern Rob nennen. Ja ich wusste es. Ich arbeite schon sehr lange mit jugendlichen Straftätern und solche die vielleicht noch werden. So wie du!" Stan versuchte lässig den Becher zu nehmen um einen Schluck zu trinken. Aber das Zittern seiner Hände war zu stark und sein Körper verkündete mit schmerzenden Gliedmaßen, dass es Zeit für den nächsten Schuss wäre. Der Tee in seinem Becher schwappte über den Rand und landete als Pfütze auf der Glasplatte des Tisches. „ Es tut mir leid" sagte Stan mit zitternder Stimme. Rob stand auf und hockte sich neben Stan. „ Nicht so schlimm, dass kann man wegwischen. Ich mache mir vielmehr Sorgen um deinen Zustand." Stan fühlte sich mit einmal hilflos und Tränen stiegen in seine Augen. Er kämpfte mit den Tränen. „Ich kann dir helfen, wenn du es willst. Wenn du gehen möchtest, ich halte dich nicht auf. Wenn du aber bleibst verspreche ich dir dass du eine Chance erhältst. Die Chance auf ein drogenfreies Leben, mit einer Perspektive." Stan sah ihn an. „Klingt als wolltest du mich bekehren. Von welcher Kirche bist du?" Rob lächelte ihn sanft an. „Keine Kirche! Du musst dich entscheiden und das jetzt und hier. In welche Richtung soll dein Leben gehen? Ich lass dich jetzt fünf Minuten allein. Wenn ich wieder komme und du bist noch da, hast du eine Chance. Bist du weg wenn ich wieder komme, hast du diese nicht." Mit diesen Worten stand Rob auf und verließ das Büro. Nicht ohne Stan nochmal anzusehen. Als Rob die Tür schloss, wusste er dass Stan noch da sein würde. Stan dachte nach und sah dabei auf seine zitternden Hände. Sein Körper verlangte nach Drogen und seine Gedanken spielten damit zu gehen. Irgendetwas ging von diesem Rob aus, eine Kraft die Stan noch nie gespürt hatte. Dann ganz plötzlich war ihm bewusst was er wirklich wollte. Frei sein, ohne den Drang nach dem nächsten Schuss, ohne Abhängigkeit von

Stoff und Menschen. Er wollte leben. Stan wollte seine Chance nutzen. Die Schmerzen nahmen an Stärke zu und er stand auf. Durch ein Fenster konnte man in den Trainnigsraum sehen. Er sah dass Rob sich neben den Ring auf eine Bank gesetzt hatte. Rob sah zum Ring und rieb seine rechte Hand. Er sah Rob nur an und wurde ruhiger. Der Schmerz schien von ihm abzulassen. Stan setzte sich wieder hin. Jetzt war er sicher dass Rob ihm helfen konnte. Er zog seine Jacke aus und wartete auf die Rückkehr seines Helfers. Nach einem Augenblick, schien es ihm besser zu sein, zu Rob zugehen. Er machte sich auf den Weg zu ihm. Rob saß noch genau so da, wie Stan ihn durchs Fenster gesehen hatte. Er bemerkte nicht wie Stan sich ihm näherte. „ Rob?" Der zuckte etwas zusammen und blickte ihn mit verklärten Augen an. „ Ich sehe dass du es kaum abwarten kannst." Bei diesen Worten lächelte er so breit, dass Stan mit lächeln musste. „ Ich will dass du mir hilfst. Sag mir was ich tun soll, ich mache es." Rob klopfte auf die Bank auf der er saß. „ Als erstes will ich das du dich zu mir setzt. Dann will ich deine Geschichte hören. Die Wahrheit und sonst nichts. Dann sag ich dir wie es weiter geht." Stan setzte sich und begann. Er war in der Schule nicht schlecht, bis er Chris kennenlernte und ihn tierisch cool fand. Er war da vierzehn und sah dass viele zu Chris aufsahen. Die beiden wurden Freunde. Stan fing erst an zu rauchen dann fing er an zu trinken. Chris nannte ihn seinen Adjutanten und Stan sah zu ihm auf und tat alles was er ihm befahl. Er merkte zu spät dass er von Chris immer abhängiger wurde. Chris brachte ihm bei wie man eine Spritze setzt, doch den ersten Schuss setzte er ihm. Der Rausch war herrlich, doch viel zu kurz und was dann kam war weniger schön. Entzugserscheinungen und der Zwang Geld für den nächsten Schuss zu besorgen. Er beklaute seine Mutter und andere Verwandte, als Chris ihn darum bat. Ein schlechtes Gewissen hatte er deswegen nie gehabt. Seit zwei Jahren hat seine Mutter den Kontakt und die Hoffnung, aufgegeben. Stan erzählte Rob dass er seit zweieinhalb Jahren Heroin nahm. Stan merkte beim erzählen wie beschissen sein ganzes Dasein war, seit er Chris kannte und fing bitterlich an zu weinen. Rob nahm in den Arm und hielt ihn fest. Eine ganze Weile, ließ Rob Stan einfach nur weinen. Dann drückte er ihn hoch und hielt ihn mit beiden Händen an den

Schultern, so dass die beiden sich ins Gesicht sehen mussten. „ Ok, das ist deine Vergangenheit, das heißt es ist geschehen und niemand kann das ungeschehen machen. Ich werde dir helfen. Aber du musst bereit sein auch dir selbst zu helfen. Ich kann dir helfen, von heut auf morgen mit dem Gift aufzuhören. Keine Fragen, ich kann es einfach." Er hob die Hand und Stan sah das Brandmal. „ Was ist das?" Stan war fasziniert und erschrocken zugleich. Er konnte die Spirale nicht aus Augen lassen. Dann unvermittelt presst Rob seine Hand auf die Stirn von Stan. Der war von der Schnelligkeit und der Kraft von Rob so überrascht, dass er gar nichts mehr sagen konnte. Dafür spürte er etwas. Es kam ihm vor als würde jemand oder etwas aus der Hand heraus in seinen Kopf kriechen. Es tat nicht weh, es war eher ein Gefühl als öffne jemand eine Tür hinter der es mächtig zog. Dann wurde es dunkel um ihn. Es war als würde er auf einem Trip sein. Er hatte das Gefühl zu fliegen. Grad als es anfing ihm zu gefallen, wurde es gleißend hell und er fand sich am Boden wieder. „ Steh auf Stan. Es ist geschafft." Hörte er Rob sagen. Was war geschafft? Stan versuchte auf die Beine zu kommen. Jeden einzelnen Knochen schien er zu spüren. Ihm war übel und er hatte ein verkatertes Gefühl. „ Was war denn das?" Er suchte den Blickkontakt mit Rob. „ Spürst du etwas?" Stan reckte sich. Und dann spürte er tatsächlich etwas. Sein Körper war entspannt und ruhig. Er sah zu Rob, der ihn sanft anlächelte. Konnte es wirklich wahr sein. Sein Körper hatte aufgehört nach Nachschub zu schreien. Er war befreit und er fühlte sich frei. So hatte er sich schon seit Jahren nicht mehr gefühlt. Ein enormer Druck war von ihm genommen worden. Er musste laut los lachen. Rob lachte mit ihm. Stan war überglücklich. „ Rob es ist weg, ich habe kein Verlangen mehr. Vielmehr noch diese Schmerzen, sie sind weg." Er stand auf und stellte sich vor Rob auf. „ Wie hast du das gemacht? Wie geht es jetzt weiter? Was ist das für eine Spirale in deiner Hand?" Stan war aufgedreht. Rob stoppte ihn. „ Langsam, ich erkläre es dir gleich. Ich freue mich für dich. Es ist deine Chance, aber du kannst es auch vermasseln. Du kannst es wirklich wörtlich nehmen. Das ist eine Chance für dich, es ist aber auch deine Letzte. Was eben passiert ist, funktioniert nur einmal. Das heißt du hast jetzt die Möglichkeit von neuem zu beginnen, aber nur das eine mal. Wirst du rückfällig, kann ich dir auch nicht mehr helfen. Eigentlich kann es niemand mehr." Stan ignorierte den warnenden Unterton, zunächst. Er setzte sich wieder. „ Was meinst du damit?" Rob setzte sich auch wieder hin. „ Ich habe eine Gabe bekommen, die mein Leben vollkommen verändert hat." Dabei zeigte er auf die Spirale. „Ich habe diese Spirale erhalten und mit ihr die Möglichkeit Menschen zu helfen. Der Haken dabei ist ich kann es nur einmal." Er sah Stan ernst an. „Wenn du dir jetzt einen Schuss setzen würdest, könnte selbst der beste Arzt dich nicht mehr retten. Das Gift wäre sofort tödlich." Stan erschrak. „Das heißt ich habe keine andere Wahl mehr! Es ist endgültig?" Rob nickte. „Wolltest du wieder zurück?" Stan sah ihn an und schüttelte den Kopf. „Dann wirst du es schaffen. Ich helfe dir bei allen Schwierigkeiten die jetzt auf dich zu kommen werden." Stan grinste Rob an. „Du hast mir schon bei meiner größten Schwierigkeit geholfen." Rob wurde wieder ernst. „Du hast noch einen weiten Weg vor dir. Es wird noch viele Hürden geben die du zu nehmen hast." Stan nickte. „ Jetzt erzähl mir was du mit mir gemacht hast. Was ist das für ein Brandmal auf deiner Hand?" Rob grinste wieder. „Sieht nicht grade schön aus, oder?" Rob erzählte ihm nun seine Lebensgeschichte und von dem alten Mann auf dem Balkan. „ Diese Spirale ist ein heilendes Symbol. Woher sie kommt weiß ich nicht. Ich weiß nur dass sie funktioniert. Spiralen gibt es schon so lange die Menschheit denken kann. Und immer sind sie im Zusammenhang Geburt und Tod zu sehen. Wenn du so willst bist du heute Nacht neugeboren und musst jetzt deinen Weg gehen. Den Weg der Spirale."

Stan hatte begriffen. Er ging seinen Weg und ging wieder zur Schule. Er machte eine Ausbildung zum Kauffmann und wurde später ein erfolgreicher Börsenmakler. Er heiratet nie. Er vergaß nie Rob und sein Center. Trotz seiner Kariere, arbeitete er mit Rob zusammen und half jungendlichen auf den Weg. Bis eines Tages Rob krank wurde. Stan eilte ins Krankenhaus. Man teilte ihm mit das es um seinen alten Freund schlecht stand und er wohl die Nacht nicht überleben würde. Stan betrat geschockt das Krankenzimmer von Rob. Er fand nicht gleich das Bett, denn der Raum war über und über mit Blumensträußen und Ballons gefüllt. Und überall waren Karten befestigt. Er las einige von ihnen. Alles samt waren von dankbaren Exmitgliedern des Trainningscenters. Aus fast allen war etwas geworden. „ Wahnsinn, wie viele es sind, oder?" Stan sah in die Richtung aus der die leise Stimme kam. Rob lag in diesem Meer aus Blumen, an Schläuche und Geräte angeschlossen. Stan kämpfte sich zu ihm durch. „ Hallo Rob, was machst du für Sachen? Ich kann dich nicht mal eine Woche allein lassen." Stan war hatte ihn eine Woche nicht gesehen, weil er auf einem Meeting in New York war. „Du hättest auch nichts daran ändern können. Ich bin eben alt und der Weg meiner Spirale ist hier zu Ende." Stan merkte wie der Kloß in seinem Hals sich ausdehnte. Er kämpfte mit den Tränen. „ Kein Grund traurig zu sein. Ich gehe nur auf eine Reise und irgendwann sehen wir uns wieder." Rob versuchte zu lächeln. Stan nahm die Hand von Rob. Sie lag schwer und kraftlos in der seinen. Robs Gesicht verdunkelte sich wieder. „Alles Quatsch, ich habe eine Scheissangst, vor dem Tod." Stan sah jetzt die Tränen in Robs Augen und konnte seine auch nicht mehr zurückhalten. Stan hielt die Hand von Rob und beide weinten still. „ Schluss damit, Stan! Sieh dich um. Alle diese Geschenke und Blumen. Ich sollte froh sein, so viel in meinem Leben erreicht zu haben." Stan wischte sich die Tränen weg. „ Das will ich meinen. Das ist nicht mal alles. Im Center sind es wahrscheinlich nochmal soviel. Ich hatte vorhin dort angerufen und man erzählte mir das dort kaum noch Platz wäre in deinem Büro. Du wirst Probleme haben dort alles wieder zu finden." Rob lächelte „ Du warst immer schon ein schlechter Lügner. Ich werde das Büro und das Center nie wieder sehen. Die Ärzte drücken sich um eine klare Aussage. Aber sie brauchen es mir nicht sagen, ich spüre dass ich bald, sehr bald sterben werde." Rob versuchte sich aufzurichten und ließ sich von Stan helfen. „Ich bin müde. Stan versprich mir dass du das Center in meinem Sinn weiterführst. Lass es nicht mit mir sterben." Stan fühlte sich so machtlos. „Wie soll ich den Kindern helfen wenn du nicht mehr bei uns bist?" Stan zeigte auf Robs Hand und die Spirale. Rob grinste. „ Nun ich habe nichts zu vererben außer dem Center. Du wirst es schon schaffen." Stan hielt immer noch Robs Hand. Er sah in ein verschmitztes altes Gesicht. „ Es gibt jetzt nur noch eines zu tun." Mit diesen Worten, griff Rob nach Stans Hand und hielt sie mit eisernem Griff fest. Noch ehe Stan begriff was passierte wurde er von Rob mit einem lauten Knall weggeschleudert. Er landete zwischen den Blumensträußen. Benommen rappelte sich Stan auf. Seine rechte Hand brannte wie Feuer. Er sah sie sich an. Erst war nichts zu sehen, doch dann sah Stan wie sich in der Handinnenfläche eine Brandnarbe bildete. Eine Spirale! Stan hielt sich die Hand und blickte zu Rob. Er lag lächelnd da und sah ihn an. Er hob seine Hand und Stan sah wie seine Spirale verschwand. Er wusste was das zu bedeuten hatte, er war an der Reihe. Rob ließ seinen Arm sinken und schloss die Augen. Stan ging zu ihm und verabschiedete sich von seinem Freund. Er verließ das Krankenhaus und machte sich auf den Weg in sein Trainningscenter. Auf dem Weg betrachtete er immer wieder die Spirale in seiner Hand. Er hielt sein Versprechen und führte Robs Erbe weiter. Er hatte wieder keine Wahl.

Die Sternenretter

Sein Atem wurde durch die Kälte sichtbar. Es war
für Ende November schon richtig frostig. Tommy
Willard fror. Doch sein Forscherdrang hielt die

Kälte nicht auf. Die Nacht war sehr klar und ideal für sein Hightech Teleskop. Er war extra so weit wie möglich von irgendwelchen Städten entfernt, damit keine noch so kleine Lichtquelle ihn störte. Viele hielten ihn deshalb für einen Sonderling. Er opferte sämtlichen Urlaub frei Zeit und für sein Hobby. Es erübrigt sich zu erwähnen dass er Single war. Für eine Beziehung oder gar eine Familie hatte er einfach keine Zeit und keinerlei Interesse. Er war jetzt 41 Jahre alt und für ihn gab es eigentlich nur das Universum und die Suche nach neuen Sternensystemen. Er war fertig mit dem Aufbau seiner neusten Errungenschaft, einem nagelneuen computergesteuertem Spiegelteleskop. Das Teleskop hat ihn fast seine gesamten Ersparnisse gekostet. Er stand auf und trat einen Schritt zurück und sah sich dieses Meisterwerk der Optik an. Für ihn war es wie Weihnachten und Geburtstag auf einem Tag. Er begann damit seinen Laptop mit dem Teleskop zu verbinden. Man musste nicht mehr am Teleskop irgendwelche Rädchen drehen, sondern steuerte vom Computer aus sämtliche Funktionen. Er startete das Steuerprogramm und auf dem Bildschirm erschienen die ersten Bilder aus dem

Weltall. Erst noch unscharf, aber nach einigen Justierung konnte man deutlich Objekte beobachten. Tommy war fasziniert und gab mehrere Koordinaten ein und das Teleskop richtete sich aus und wenige Sekunden später hatte er das gewünschte Objekt auf dem Schirm. Er wäre am liebsten aufgesprungen und hätte einen Freudentanz aufgeführt. Das Teleskop war jeden Cent wert die es gekostet hat. Mit verzücktem Gesicht sah er in den sternenklaren Himmel und überlegte was er sich als nächstes auf den Bildschirm holen wollte. Als er plötzlich einen Stern entdeckte der dort nicht hingehörte. Mit bloßem Auge konnte man ihn sehen. Tommy kannte den Sternenhimmel wie seine Westentasche und dieser blinkende Stern gehörte nicht dorthin. Er sah ihn sich genau an. Als er bemerkte wie sich dieser angebliche Stern bewegte. Was für eine Entdeckung wäre das. Völlig aufgedreht versuchte er sein Teleskop auf das Objekt einzurichten, aber es wollte ihm nicht gelingen. Er sah wieder zum Himmel und der Stern schien zu wachsen. Unmöglich, dachte er. Er sah mit weit aufgerissenem Mund wie das Objekt sehr schnell anwuchs. Als er merkte das es sich um einen Meteoriten handelte, war dieser auch schon an ihm vorbei und in 500 Meter Entfernung eingeschlagen. Tommy spürte die Hitze als der Meteorit an ihm vorbei schoss. Völlig erstarrt stand er da. Er sah Rauch aufsteigen, von der Einschlagstelle. Er konnte es nicht fassen. Er blickte zum Himmel und sah ungewöhnlich viele und helle Sternschnuppen. Abwechselnd blickte er zum Himmel und zur Einschlagstelle. Ohne sich um sein Equipment zu kümmern lief er los, um zu sehen ob etwas übrig geblieben war, vom Meteoriten. Er kam näher und sah dass beim Aufschlag ein Krater in die Erde gerissen wurde. Als er ankam sah er dass der Krater einen Durchmesser von etwa vier Metern hatte. Er war fast Kreisrund und auf dem Rand lag die aufgespritzte Erde. Er blickte über den Rand und sah in das innere des Kraters. Sein Mund war ganz trocken vor Aufregung. Er konnte erst nichts erkennen, die Rauchentwicklung war noch zu stark. Aber nach und nach verzog sich der Qualm. Am Boden konnte er jetzt einen glühenden Klumpen erkennen. Noch war der Meteorit und der Boden zu heiß, um sich zu nähern. Er beschloss zuerst sein

Teleskop zusammen zu räumen und alles im Wagen zu verstauen. Wenn er zurückkam würde der Meteorit schon kühler sein. Auf dem Rückweg sah er immer wieder am Himmel Sternenschnuppen. Ob jemand diesen, seinen Einschlag gesehen hatte? Plötzlich hatte er es sehr eilig. Er war in einer ziemlich einsamen Gegend, aber was war wen jemand den Einschlag bemerkt und ihm den Fund streitig machen würde. Also beeilte er sich alles so schnell wie nur irgend möglich im Wagen zu verstauen. Keine zwanzig Minuten später raste er mit seinem Wagen querfeldein zum Krater. Er stieg aus und sah sich um. Weit und breit sah er nichts. Er ging zum Krater und stieg über den Rand. Der Krater war gut eineinhalb Meter tief. Das Gestein war noch warm. Tommy ging zu dem Klumpen in der Mitte des Loches. Er hielt die Hand über das Himmelsgestein, um zu prüfen ob er noch heiß war. Er entschied sich in lieber noch nicht zu berühren. Der Klumpen strahlte noch eine Menge Hitze aus. Er betrachtete sich seinen Fund. Durch den Eintritt in die Erdatmosphäre, war die Oberfläche des Meteoriten mit einer nicht geschlossenen Schicht aus Glas überzogen. Tommy schätzte sein Gewicht auf etwa ein Kilo, er konnte sich auch irren. Der Klumpen war doppelt so groß wie ein Tennisball. Er konnte es nicht abwarten, den Meteoriten zu bergen und in Sicherheit zu bringen. Er spürte wie er fasst wie besessene über eine Möglichkeit nachdachte um den Klumpen sofort von hier fort zu schaffen. Ihm kam ein Gedanke und er kletterte aus dem Krater und lief zu seinem Wagen. Aus dem Kofferraum holte er einen Wasserkanister und schüttelte ihn. Halbvoll, circa zweieinhalb Liter. Das müsste reichen. Er öffnete den Kanister, als er wieder vor dem Klumpen kniete und schüttete vorsichtig etwas Wasser über ihn aus. Zischend verdampfte es. Er beschloss den Kanister komplett zu leeren. Gluckernd lief das Wasser heraus und als es auf den Klumpen traf zischte und dampfte es gewaltig. Aber wie man schon im Physikunterricht lernt, sollte man sehr heiße Gegenstände nicht schlagartig abkühlen. Der Meteorit gab erst ein knirschendes Geräusch von sich und platzte dann mit einem lauten Knall in zwei Teile. Erschrocken warf er den Kanister zur Seite. Tommy sah den Schaden den er angerichtet hatte. Er hatte einen einmaligen Fund mit seinem Übereifer zerstört.

Über sich selbst fluchend, drehte er die abgekühlten aber immer noch heißen Teile. Er wollte sich das Innere des Meteoriten ansehen. Er staunte nicht schlecht als er in dem einen Teil eine glänzenden Kubus fand. Es sah nicht so aus als wäre es von allein entstanden. Tommys Zeigefinger näherte sich dem Kubus. Er schien vollkommen zu sein. Die Oberfläche war spiegelglatt. Sein Finger berührte den Kubus. Er war kühl. Tommy fühlte sich ermutigt und nahm ihn aus dem Meteoritenteil. Er hielt den spiegelglatten Kubus in der Hand und betrachtet ihn von allen Seiten. Er war wunderschön, keinerlei Kratzer war auf ihm zu sehen. Auf jeder Seite konnte er sich spiegeln. Er steckte seinen Fund in die Tasche und tastete nach den Resten des Klumpens. Sie waren noch heiß, aber Tommy wollte von hier verschwinden. Er zog seine Jacke aus und packte die Teile ein und ging hastig zum Wagen und fuhr los. Während der Fahrt fühlte er sich wie aufgedreht. Immer wieder nahm er den Kubus in die Hand und strich über die glatten Flächen. Er hatte das Gefühl als würde eine leichte Vibration von dem Kubus ausgehen. Trotz der späten Stunde fühlte er sich frisch und ausgeschlafen. Nach mehreren Stunden fahrt erreichte er seine Heimatstadt und das Hochhaus in dem er wohnte. Er sah zur Uhr. Viertel vor vier morgens. Die Sonne würde bald aufgehen. Er parkte seinen Wagen und sah sich um. Es war niemand zu sehen. Er versuchte leise und unauffällig zu sein. Er tat nichts Verbotenes, er wollte nur nicht dass irgendjemand auf ihn aufmerksam wurde. Er hatte sein teures Teleskop im Wagen zurück gelassen und nur eine Decke als Sichtschutz darüber geworfen. Sein Fund war wichtiger und wertvoller als zehn solcher Teleskope. Ach was er könnte sich ein ganzes Planetarium dafür bauen. Er kicherte leise vor sich hin. An seiner Wohnung angekommen war er froh niemanden begegnet zu sein. Er schloss die Tür hinter sich und legte seine Jacke samt Inhalt auf seinen Arbeitstisch. Bevor er sich daran machte den Meteoriten und den Kubus genau zu untersuchen, zog er sämtliche Vorhänge und Rollos in seine Wohnung zu. Erst als er sicher war das wirklich niemand, wie auch immer, ihn beobachten konnte, machte er sich ans Werk. Er packte die Teile des Meteoriten aus und untersuchte sie mit seiner schwenkbaren Lupenlampe. Es war unglaublich. Dieser Stein war uralt und hatte vielleicht Millionen über Millionen Kilometer hinter sich und nach dieser langen Reise war er zu ihm gekommen. Er nahm jetzt das innere des Meteoriten unter die Lupe. Das Innenleben war porös und man konnte sehen wo der Kubus eingebettet war. Der saß genau in der Mitte des Meteoriten und war durch das poröse Zeug geschützt. Er stoppte und war sich erst nicht sicher, aber konnte es sein das irgendjemand oder irgendetwas, diesen Kubus mit einer bestimmten Absicht zur Erde geschickt hatte. Er untersuchte die Stelle an der der Meteorit aufgebrochen war. Sie war so gleichmäßig, dass es so aussah als sollte der Meteorit sich hier öffnen. Er nahm den Kubus in die Hand und sucht nach einem Anhaltspunkt, vielleicht Schriftzeichen oder sonstige Hinweise auf fremde Intelligenz. Nichts, aber auch gar nichts war darauf zu erkennen. Er wurde unruhig. Wenn jemand diesen Meteoriten geschickt hatte, welchem Zweck sollte er dienen. Plötzlich fiel ihm ein das er nicht der Einzige sein könnte der einen solchen Fund gemacht hatte. Er musste an die vielen Sternschnuppen denken die er vorhin gesehen hatte. Er wurde hektisch. Schnell fuhr er seinen PC hoch und suchte im Internet nach irgendwelchen ähnlichen Vorkommnissen. Es dauerte bis er fündig wurde. Er hatte gegoogelt und dabei war auf ein Bild des Kubus gestoßen. Der Bericht dazu war ein von einem Professor Fields, der diesen Kubus in Südamerika bei einer Expedition gefunden hatte. Allerdings vor über dreißig Jahren. Es war genau die gleiche Form und die gleiche Größe. Er hielt seinen Kubus neben den auf dem Bildschirm und verglich. Kein Zweifel, sie hätten eineiige Zwillinge sein können. Er las den Bericht von Professor Fields. Der war davon ausgegangen , dass es sich um einen Fund aus einem Mayatempel handelte. Er konnte seinen Fund nicht wirklich datieren, aber er vermutete ihn aus der Majazeit. Tommy lächelte als er die Zeilen las und suchte nach einer Telefonnummer oder Adresse von dem Professor, fand aber nur die E-Mail Adresse. Er schreib ihm eine Mail, in der er von seinem Fund berichtete. Tommy machte ein Bild mit seiner Kamera von dem Kubus und schickte es mit der E-Mail mit. Der Professor würde sich wundern und sich hoffentlich schnell bei ihm melden. Nun machte er sich daran einen Text zu schreiben über seinen Fund, natürlich anonym. Vielleicht würden sich noch mehr Leute melden die solche Entdeckungen gemacht haben. Als er diesen Text in mehrere Foren eingefügt hatte. Suchte er weiter im Internet. Nach einer Weile stieß er auf aktuelle Meldungen. Überall auf der Welt waren Meteoriten niedergegangen. Die neusten Zahlen wurden immer wieder nach oben korrigiert. Tommy traute seinen Augen nicht, es waren über zweihundert gemeldete Einschläge, die bis dahin gefunden wurden. Es wurde von Dunkelziffer geschrieben und davon das es sich um Bruchstücke eines Kometen handelte der an der Erde vorbei gezogen war. Tommy wusste das dass eine Lüge war. Es gab keinen Kometen der an der Erde vorbei gezogen war. Warum sollte jemand so etwas behaupten? Er checkte seine eigene E-Mail Adresse. Es waren über dreißig Mails innerhalb von einer Stunde angekommen. Eine war sogar von Professor Fields dabei. Diese öffnete er als erstes. Er las: " Junger Freund, ihren Fund finde ich höchst interessant. Doch was mich noch mehr in erstaunen versetzt sind die Umstände, wie sie diese Entdeckung gemacht haben. Wir müssen uns dringendst treffen und dabei möchte ich ihren Fund in Augenschein nehmen. Mein Vorschlag sie kommen zu mir nach Seattle. Bitte teilen sie mir mit woher sie kommen, um alles Weitere kümmere ich mich. Noch etwas Wichtiges. Es ist besser wenn sie niemanden etwas davon erzählen. Mit freundlichen Grüßen Prof. Fields." Tommy teilte dem Professor mit das er in Dallas wohnte und nicht das Geld hätte nach Seattle zu reisen. Umgehend kam die Antwort: " Ich übernehme das. Machen sie sich auf den Weg zum Flughafen. Ich werde ein Ticket auf ihren Namen hinterlegen lassen. Sie können es sich am Terminal der American Airlines abholen. Beeilen sie sich. Es scheint etwas zu passieren auf der Welt und wir beide haben damit zu tun. Ein Wagen wird sie in Seattle am Flughafen abholen und zu mir bringen." Tommy packte einige Sachen zusammen und keine zwei Stunden später saß er im Flugzeug. Er hatte seinen Fund mit im Handgepäck und keinen Koffer dabei. In Seattle angekommen sah er beim verlassen der Zollgrenze einen in schwarz gekleideten Mann mit Sonnenbrille. Er hielt ein Schild mit seinem Namen in der Hand. Tommy ging auf ihn zu und sagte: " Ich bin Tommy Willard." Der

Mann war etwa 1,90 groß und hatte breite Schulter. Irgendwie Typ Rausschmeißer. " Willkommen in Seattle Mr. Willard. Mein Name ist Stuart, einfach Stuart. Ich bin der Chauffeur von Professor Fields. Kommen sie ich bringe sie zum Wagen und dann zum Professor. Wir müssen uns ein wenig beeilen, wurde mir aufgetragen." Stuart konnte seine englische Herkunft schlecht verbergen. Trotz seines gefährlichen Aussehens, war Stuart ein sehr höflicher und zuvorkommender Zeitgenosse. Tommy war eigentlich immer schüchtern und ängstlich Fremden gegenüber. Seit er heute unterwegs war fühlte er sich weder ängstlich noch dachte er alle anderen würden mit Fingern auf ihn zeigen. Er fühlte sich einfach großartig. Stuart und er erreichten einen alten schwarzen Lincoln, der auf Hochglanz poliert schien. Stuart öffnete ihm die Tür und lächelte. Stuart setzte sich ans Steuer des Youngtimers und fuhr los. Während der Fahrt erzählte keiner von beiden viel. Sie erreichten das Haus des Professors nach einer drei viertel Stunde. Ziemlich groß und protzig stand es da. Drei Stockwerke mit einer breiten Front, vor der ein kreisrunder Parkplatz angelegt war. Groß genug das etwa zwölf große Limousinen auf ihm Platz gehabt hätten. Stuart hielt ihm die Tür auf und Tommy stieg aus und sah sich um. Ein echtes Prachthaus, dachte Tommy bei sich. " Soll ich ihre Tasche nehmen?" fragte Stuart. Tommy winkte ab: " Nein vielen Dank, aber die trag ich lieber selbst." Stuart nickte. " wenn sie mir dann bitte folgen würden. Der Professor erwartet sie." Stuart führte ihn ins Haus. Das innere war noch imposanter als die äußere Erscheinung des Anwesens. Tommy stand in einer Eingangshalle. Die Wände hingen voller Gemälde und die Treppe führte offen in den ersten Stock. " Mr. Willard, wenn sie kurz warten, melde ich sie beim Professor an" sagte Stuart " Wenn sie derweil ablegen möchten?" mit diesen Worten hielt er Tommy den Arme hin. Tommy gab ihm seine Jacke und setzte sich auf den ihm angebotenen Sessel. " Nicht nötig Stuart ich bin schon da!" hörte Tommy eine Stimme von oben. " Ich bin gleich bei ihnen Willard. Hoffe sie hatten einen angenehmen Flug." Tommy drehte sich in Richtung Stimme. " Sie hatten mir in der ersten Klasse reserviert. Sehr angenehm, vielen Dank." Dann kam jemand die Treppe herunter. Das konnte unmöglich der

Professor sein. Ein etwa ende dreißig Jahre alter Mann kam schwungvoll die Treppe herunter. Er sah das Erstaunen in Tommys Gesicht und grinste breit. " Sie sind Professor Fields? Der der in Südamerika vor dreißig Jahren diesen Kubus gefunden hat?" Tommy musste sich irren. Das war bestimmt der Sohn des Professors. " Ganz recht, der bin ich. Lassen sie sich nicht von meinem jugendlichen Aussehen täuschen. Ich bin siebenundsechzig Jahre alt, aber dazu später mehr. Wir haben wichtigeres zu besprechen. Haben sie ihren Würfel dabei? Darf ich ihn sehen?" Tommy konnte nicht sprechen. Er holte den Kubus heraus und hielt ihn dem Professor hin. " Darf ich?" fragte dieser und nahm gleichzeitig den Kubus in seine Hand. " Stuart sie können für heute Feierabend machen. Danke dass sie an ihrem freien Tag für mich gekommen sind." " Selbstverständlich, für sie immer Herr Professor." Drehte sich um und ging. " Sie sind absolut gleich. Ich finde keinen Unterschied. Und er war in einem Meteoriten eingeschlossen?" Tommy nickte. " Sie müssen mir die ganze Geschichte in Ruhe erzählen. Wir machen uns auf den Weg in mein Arbeitszimmer." Tommy fand seine Sprache wieder und erzählte dem Professor von der gestrigen Nacht. " Sagenhaft, finden sie nicht auch? " Der Professor legte Tommys Kubus auf den Schreibtisch und nahm sich eine Fernbedienung. Als er sie betätigte wurde ein riesen Bildschirm aus einem Kasten an der Wand hoch gefahren. " Sie konnten sicherlich nicht das aktuelle Geschehen beobachten, während sie hierher unterwegs waren?" mit erstaunten Gesicht schüttelte Tommy den Kopf. Auf dem Riesenmonitor erschienen ungefähr zwölf verschiedene Nachrichtensender. Fields suchte den heraus auf dem ein brennendes Haus zu sehen war und als er den Kanal aktivierte verschwanden die anderen und der ausgesuchte wurde übergroß. Es wurde über einen Meteoriteneinschlag berichtet. Anscheinend war der Meteorit in das Haus eingeschlagen und hatte es entzündet. Zurzeit sprach die junge gutaussehende Reporterin den Hausbesitzer. Ein etwa fünfzig Jahre alter Mann. Man sollte meinen dass ihn der Verlust seines Hauses nahe ging, aber weit gefehlt. Er fühlte sich geehrt dass es ihn traf und sprach davon dass jetzt alles besser würde. Er freute sich über den Einschlag und war völlig euphorisch. " So geht es auf der ganzen Welt zu. „sagte Fields " Es sind jetzt über 600 Einschläge registriert worden und überall dasselbe. Der Meteorit ist in etwa 8- 10 cm im Durchmesser und wenn er geöffnet wird kommt ein silberner Würfel zum Vorschein." Tommy schüttelte den Kopf: "Das kann kein Zufall sein. Die wurden geschickt, von irgendjemanden. Nur warum und was haben die Würfel für eine Funktion?" Professor Fields schnalzte mit der Zunge:" Ich glaube die Antwort auf diese Fragen, habe ich. Zumindest bin ich schon ein gutes Stück weiter als die meisten anderen Menschen auf diesem Planeten." Er ging zum Schreibtisch und holte seinen Kubus hervor. Er legte ihn direkt neben den von Tommy. " Sehen sie, Willard. Sie werden keinen Unterschied bemerken, sie sind vollkommen gleich. Ich denke dass alle auf der Erde gelandeten, vollkommen gleich sind. Ich habe meinen Würfel, vor fast auf den Tag genau dreißig Jahren gefunden. Genauer gesagt hat er mich gefunden." Tommy wollte grad etwas fragen, als Professor Fields ihn mit einer Handbewegung stoppte. " Lassen sie mich erst meine Geschichte erzählen, für das bessere Verständnis der Situation. Also, wir hatten unser Lager aufgeschlagen und ich wollte mich nur ein bisschen umsehen im Dschungel. Als ich, keine zehn Meter von unserm Lager entfernt auf ein Totem der Majas stieß. Damals hielt ich es für eine Art Gottesehrung, weil ich dort einige wertvolle Opfergaben fand, darunter auch diesen Würfel. Nun weiß ich dass man solche Stätten eigentlich nicht entehren darf, in dem man etwas entfernt. Es ging aber eine solche Faszination von diesem Würfel aus, dass ich nicht wiederstehen konnte und ihn stahl. Ich hatte das Gefühl er würde in meiner Hand brummen. Und so steckte ich ihn ein und erzählte niemanden etwas von meinem Fund." Fields zündete sich eine Pfeife an und wohlriechender Tabakduft erfüllte den Raum. " Tommy, ich darf sie doch Tommy nennen, oder?" Tommy nickte. " Gut, Tommy. Ich habe ihr erstauntes Gesicht vorhin gesehen, als sie mich das erste Mal sahen. Ich bin siebenundsechzig Jahre alt. Sehe aber immer noch wie damals aus. Schuld daran ist der Würfel. Und das ist nicht das einzige was er kann. Ich hatte mir damals im Dschungel, bei der besagten Expedition Malaria eingefangen. Eine entsetzliche Krankheit. Sie zehrt einen aus. Kurz nachdem ich den Würfel fand, hatte ich nicht die Spur der Krankheit mehr. Ich bin seit dem nie wieder krank gewesen. Und keinen Tag gealtert." Tommy kriegte kaum noch seinen Mund zu. " Ich sehe sie halten es bestimmt für einen Segen, so einen Würfel zu besitzen, oder?" " Professor, wir halten ein Allheilmittel in den Händen. Keine Krankheiten mehr und sogar das altern wird gestoppt. Heureka, was wollen sie denn noch?" Der Professor stand auf und machte ein ernstes Gesicht. " Ein Segen meinen sie? So dachte ich früher auch. Ich möchte nur eines stellen sie sich eine Frage. Fragen sie sich warum?" Tommy verstand nicht. Beide wurden von einem Geräusch abgelenkt, das vom Schreibtisch kam. Sie sahen beide wie die beiden Würfel anfingen zu vibrieren. Einen Augenblick später schienen die beiden zu schmelzen und ineinander zu fließen. " Oh mein Gott!" rief Fields. " Das ist es. " Die beiden Würfel verfestigten sich wieder und nun standen nicht mehr zwei dort, soner nur einer nur doppelt so groß. " Was passiert hier Professor?" Tommy war unheimlich. Ohne auf Tommys Frage einzugehen, lief der Professor zu seinem PC und fing an zu tippen. Tommy sah ihm über die Schulter.

Berechnungen flogen über dem Bildschirm und es dauerte eine Weile bis Tommy begriff was da gerechnet wurde. " Wahnsinn !" entfuhr es dem Professor. " Kommen sie wir müssen etwas tun. Schnappen sie sich den Würfel und folgen sie mir in mein Labor." Hektisch rannten die beiden in das erwähnte Labor. Tommy hatte sich den Kubus gegriffen und sich über dessen Gewicht gewundert. Im Labor angekommen, dass sich im Keller des Anwesens befand, staunte Tommy nicht schlecht. Hier gab es nichts, was es nicht gab. Das Labor hatte die Ausmaße, Tommy schätzte, 15Meter mal 15 Meter. " Bringen sie den Würfel zu dieser Plattform dort hinten." Tommy sah die Plattform. Der Professor machte sich an einem Schaltpult zu schaffen. " Was ist das für ein Gerät?" fragte Tommy als er den Würfel auf die Plattform absetzte. " Mit diesen, nennen wir sie Kameras, kann ich die Energie sichtbar machen die der Würfel abgibt und noch eine Menge anderer Messungen anstellen. Kommen sie zu mir. Ich will ihnen alles erklären." Tommy stellte sich neben den Professor hinter das Schaltpult. Unmengen an Schaltern und Knöpfen waren dort angebracht. Der Professor holte zwei Bürostühle heran und sie setzten sich. In Augenhöhe waren drei Bildschirme angebracht und auf dem mittleren sah Tommy den Würfel. "Mit diesen Geräten können wir sehen was man mit bloßen Auge nicht sieht. Strahlung zum Beispiel. " Mit diesen Worten betätigte er ein paar Knöpfe. Auf dem rechten Bildschirm erschien wieder der Würfel, diesmal allerdings sah er aus als hätte man ein Bild von ihm gemacht und würde jetzt das Negativ sehen. " Sehen sie wie der Würfel Energie abstrahlt?" Mit diesen Worten wies er mit den Fingern auf die Schlieren die vom Würfel in kurzen Impulsen vom Würfel weggetrieben wurden. " Die Schlieren die man hier sieht waren bei meinem Würfel schwächer. Ich vermute dass durch die Verschmelzung die Intensität verdoppelt wurde." Er drückte wieder ein paar Knöpfe. "Was man von dem Gewicht nicht sagen kann. Es hat sich verdreifacht. Was haben die Würfel für eine Funktion und wie hoch ist die Zahl der auf der Erde gelandeten?" Tommy sah ihn an. " Sie haben doch eine Vermutung oder nicht?" Der Professor sah ihn ernst an. " Ja die habe ich und ich hoffe inständig, dass ich unrecht habe. Ich vermute dass die Würfel zur

Ablenkung hier zur Erde gesandt wurden. Wer weiß ich nicht. " " Sie glauben das Außerirdische uns so infiltrieren wollen?" Fields lächelte ihn an. " Nein, infiltriert haben sie uns wahrscheinlich schon viel länger. Das beweist Mein Fund vor dreißig Jahren. Sie werden uns vielleicht schon über Hunderte Jahre beobachten. Das Bombardement, von gestern kann nur bedeuten das etwas Großes bevor steht." Tommy stand auf. " Eine Invasion?" Ihm war plötzlich gar nicht wohl. " Gehen sie nicht gleich von bösartigen Aliens aus. Die Fremden könnten ja auch freundlich sein." " Warum dann das Theater mit den Würfeln? Sie könnten doch einfach landen und freundlich sein." Wieder lächelte der Professor." Könnten sie das? Wenn man die menschliche Rasse kennt und studiert, lässt man es doch lieber etwas vorsichtig angehen." Tommy dachte nach. " Sie sind also der Meinung dass die Würfel nur zur Ablenkung dienen? Das kann ich mir beim besten Willen nicht vorstellen. Nicht soviel und so auf der ganzen Welt verstreut." Der Professor hört ihm zu und stutzte. " Auf der ganzen Welt." sagte er abwesend. Fast im selben Augenblick flogen seine Finger über die Tastatur. "Was tun sie jetzt?" Professor Fields überhörte Tommy völlig. Der sah auf den Bildschirm wo der Professor ein Abbild der Erde aufrief. Einige Sekunden später wurden alle bekannten Einschläge angezeigt. Das Erstaunliche war das sie nicht irgendwo konzentriert niedergegangen waren, sondern auf dem kompletten Globus. Von oben betrachtet sind immer sechs Meteoriten kreisförmig eingeschlagen. Der Durchmesser dieses Kreises betrug immer genau 50 Kilometer." Eine Vermessung. Die Meteoriten bilden Vermessungspunkte auf der Erde. Sie vermessen uns! Warum?" Tommy wusste nicht ob der Professor mit ihm gesprochen hatte, oder mit sich selbst. Was hat das zu bedeuten, Professor?" Der Professor sah Tommy ernst an. " Ich glaube das wir das in kürze erfahren werden, mein junger Freund." Er stand auf und man sah ihm an das sein Gehirn auf Hochtouren lief. " Sie sind doch Astrologe?" Tommy war stolz das er ihm das zutraute. " Eigentlich nur Hobbyastrologe." sagte er verlegen. " Umso besser. Wie kann man am besten die erdnahe Umgebung beobachten?" Tommy überlegte kurz. " Es gibt in der nähe von Seattle ein Teleskop, von der Regierung. Es wird dafür genutzt Asteroiden in

Erdnähe aufzuspüren. Man könnte versuchen übers Internet eine Verbindung zum Teleskop herzustellen. Glauben sie das wir die einzigen sind die auf diese Idee gekommen sind?" "Nein, bestimmt nicht. Aber wir haben einen entscheidenden Vorteil, gegenüber denen die bloß ins All blicken und nicht wissen was sie suchen sollen." Fields machte seinen Platz an der Tastatur frei und bot ihn Tommy an. " Bitte stellen sie eine Verbindung zum Teleskop her." Tommy setzte sich und begann zu tippen. Die Verbindung war schnell hergestellt. Nur als er sich anmelden wollte um das Teleskop zu nutzen, blinkte eine Warnung auf dem Bildschirm auf. " Zugang für nicht Autorisierte gesperrt!" Tommy starrte ungläubig auf den Bildschirm. " Das kann nicht sein. Das ist doch ein öffentliches Teleskop." Fields sah ihm über die Schulter. " Was meinen sie Tommy, wer könnte autorisiert sein? Wer könnte den Zugang sperren?" Tommy sah ihn an." Keine Ahnung, die Regierung vielleicht." Fields grinste. " Warten sie, ich muss kurz telefonieren." Damit drehte er sich um und griff zum Handy. Er sah dass Tommy versuchte zuzuhören. Deshalb sprach er leise und ging kurz aus dem Labor, um gleich darauf wieder zu erscheinen, mit einem breiten Grinsen. " Bitte geben sie das Passwort ein: sehendes Auge6794qrqalpha." Fields stand wieder neben ihm und grinste. Tommy wollte erst fragen woher er das wissen wolle, aber er ließ es lieber und gab das Passwort ein. Sofort verschwand die Warnung vom Bildschirm und das Display zum eingeben der Koordinaten erschien. Tommy blickte den Professor fragend an. " Ich habe Beziehungen. Ich habe viel für die Regierung gearbeitet und viele schulden mir noch einige Gefallen." Tommy nickte. Egal sie waren drin. " So ich kann jetzt für eine halbe Stunde das Teleskop nutzen. Ich brauche die Koordinaten. Wo wollen sie hinsehen?" Fields dachte nach. "Ich glaube für einen Rundumblick reicht die Zeit nicht. Halten wir es mit Peter Pan." Tommy verstand nicht. " Nun sagen sie nicht dass sie Peter Pan nicht kennen. Zum Mond und am zweiten Stern rechts." " Also eher ein Schuss ins blaue." Tommy wollte die wenige Zeit die sie hatten, eigentlich sinnvoll nutzen. Konnte dann aber doch nicht wiederstehen, dem Vorschlag des Professors zu folgen. Irgendwo mussten sie mit ihrer Suche ja beginnen. Er richtete das Teleskop auf den Mond aus. Auf dem zunächst schwarzen Schirm erschien der Mond. Zumindest ein Teil davon. " Da haben wir den Mond. Und jetzt?" Fields machte ein verschmitztes Gesicht. " Wo kann man sich verbergen, ohne das man von der Erde aus nicht gesehen wird? Fahren sie am Rand des Mondes entlang und achten sie auf Sachen die nicht dahin gehören." Tommy tat was der Professor sagte und fuhr mit dem Teleskop den Mondrand ab. Nichts. Es war alles normal. " Das war nix." sagte Tommy. Fields stand da und schüttelte den Kopf. " Das kann nicht sein, es muss dort etwas zu sehen sein. Es sei denn." weiter sprach er nicht und griff an Tommy vorbei an die Tastatur. " Was haben sie vor?" Tommy machte dem Professor Platz, der jetzt wie besessen auf die Tastatur einhämmerte." Ich will versuchen etwas Unsichtbares sichtbar zu machen." Tommy starrte wie gebannt auf die über die Tastatur fliegenden Finger. Jetzt ging ihm ein Licht auf. Der Professor versuchte die gleiche Methode wie bei den Würfeln. Kaum hatte er das gedacht, als sich das Bild auf dem Bildschirm veränderte. Es sah wieder wie ein Fotonegativ aus. Nur das wieder überall diese schlieren zu sehen waren. " Sehen sie." hallte der Aufschrei des Professors durchs Labor. "Wir haben sie gefunden." Tommy verstand nicht und sah den Professor an, als wäre der verrückt geworden. Tommy blickte wieder auf den Monitor. Er sah immer noch den Mond. Farblich verändert, aber immer noch der Mond. Auf der einen Seite des Bildausschnittes waren die Schlieren zu sehen. " Ich sehe nichts, was meinen sie?" Der Professor lachte. " Sie werden gleich sehen. Können sie mit dem Teleskop zurück fahren. Also das nicht alles so groß ist. Sie erkennen mehr wenn sie nicht so nah dran sind." Tommy nickte und machte sich wieder an der Tastatur zu schaffen. Nun zoomte das Teleskop zurück. Auf dem Schirm konnte Tommy jetzt erkennen, dass die Schlieren Konturen bildeten. Konnte das wirklich ein Schiff der Aliens sein? Tommy konnte es nicht vermeiden, aber sein Kinnlade klappte runter und blieb offen stehen. " Unfassbar." entfuhr es Fields. " Wer weiß wie lange die schon da sind." Tommy sammelte sich soweit es ging. Das war er, der Moment auf den die Erde schon lange gewartet hatte. Der erste Kontakt mit außerirdischen. " Wir müssen unbedingt der

Regierung melden was wir entdeckt haben." Tommy spürte wie Euphorie in ihm hochstieg. " Der Professor nickte. " Tommy könnten sie, mit meiner Einstellung, noch einen Schwenk mit dem Teleskop machen?" Tommy nickte. Er hatte längst aufgegeben den Professor zu hinterfragen. Er klickte auf einen Button auf den Bildschirm und das Teleskop begann langsam zu wandern, bis das fast unsichtbare Raumschiff aus dem Bild verschwunden war. Das Teleskop wanderte weiter und plötzlich tauchten erneut die Schlieren auf. Das Teleskop wanderte noch weiter und weitere Raumschiffe tauchten auf. Plötzlich war der Schirm schwarz. Ihre Zeit war abgelaufen. " Ich muss telefonieren. Mit dem Pentagon. Wir sind ja praktisch umzingelt." Er griff zum Handy und kurz darauf identifizierte er sich am Telefon. " Ich muss dringend mit General Warren sprechen." Jetzt überschlugen sich die Ereignisse. Professor Fields berichtete dem General von der Entdeckung im All. Kurze Zeit später saßen sie im Helikopter der auf dem Grundstück des Professors landete. Sie wurden zum Flugplatz geflogen und von dort aus weiter nach Washington. Sie waren innerhalb kürzester Zeit quer durch die USA gebracht worden und standen nun vor der imposanten Gestalt von General Warren. " Willkommen im Pentagon." sagte er fast feierlich. " Doch genug der Floskeln. Wir müssen uns beeilen es wurde eine Krisensitzung einberufen und ihr Erscheinen ist dringend erforderlich." Tommy war fasziniert. Gestern war er noch ein unbeliebter Freak und heute verlangte man nach ihm im Pentagon. Er sah sich um. Hektische Betriebsamkeit bestimmte das Bild. Hier und da konnte er Warntafeln erkennen sie blinkten gelb und darauf stand Alarmstufe Gelb. Tommy folgte dem General und dem Professor, bis vor eine große braune Flügeltür. Davor zwei Wachen der Garde mit Waffen im Holster. Als sie sahen wie der General auf die Tür zu steuerte, salutierten sie und der eine öffnete die Tür, für die drei. Sie betraten einen großen Raum mit sehr hoher Decke. An der Frontseite konnte Tommy eine überdimensionale Videowand sehen, darauf war eine Weltkarte eingeblendet. Vor der Wand stand ein riesenhafter massiver Konferenztisch, an dem schon mehrere Personen saßen und sie ansahen. Tommy erkannte einige der Herren und Damen aus dem Fernsehen, darunter befand sich auch die Verteidigungsministerin Conoly. Der General flüsterte dem Professor etwas ins Ohr und der nickte, dann sah er Tommy an. " So wir sind sofort dran." Tommy verstand nicht. " Womit sind wir dran?" Fields lächelte. " Zum Kaffee trinken sind wir nicht hier. Wir werden dem Gremium hier von unserer Entdeckung berichten." " Wir? Ich kann nicht sprechen vor so vielen Leuten, konnte ich noch nie." Fields wollte noch etwas sagen, aber der General hatte sie schon laut angekündigt und winkte sie heran. Als Tommy mit dem Professor vor den ungefähr zwanzig Leuten stand, merkte Tommy wie der Schweiß sein T Shirt an den Rücken klebte. " Bloß nicht umdrehen." dachte er bei sich. " Ich danke dafür dass mein Freund Mr. Willard und ich hier vor ihnen sprechen dürfen. Sie werden es nicht bereuen." Tommy starrte in die Menge und sah das viele hier den Professor zu kennen schienen. Der fing an und berichtete von der Entdeckung der Würfel. Die Zuhörer hingen wie gebannt an seinen Lippen als er von den getarnten Raumschiffen um die Erde herum erzählte. " Ich würde es ihnen gern zeigen. Tommy könnten sie nochmal eine Verbindung zum Teleskop herstellen?" Tommy und nickte. Er wollte gerade an das Steuerpult der Videowand treten als jemand ihm am Arm festhielt. Tommy drehte sich um und sah in zwei rehbraune Augen. " Ich werde ihnen helfen. Mein Name ist Trish Desmond. Ich kenne das Gerät viel besser als jeder andere und so sparen sie sehr viel Zeit." Sie schob sich an Tommy vorbei und setzte sich vor die Tastatur des Steuerpultes und lächelte ihn an. Tommy wand sich zum Professor und blickte ihn hilflos an. " Mrs. Desmond wird ihnen zur Hand gehen Mr. Willard." Sagte der Professor und lächelte. Tommy trat an Trishs Seite und sie gab, nach seinen Angaben, die Adresse der Homepage ein. Einen Augenblick später flackerte über die Videowand das Bild des Teleskopes. " Sie sehen hier eine Echtzeitaufnahme des Erdnahen Raumes. So kann man nichts erkennen. Wenn man aber die Frequenz ein wenig ändert und genau hinsieht erkennt man die Präsenz mehrerer Objekte." Tommy kramte den Zettel aus der Tasche, den Fields ihn im Flugzeug gegeben hatte. Er sagte Trish wie sie die Frequenz ändern sollte. Als auf der Wand jetzt Schlieren zu sehen waren, ging ein

Raunen durch die Zuschauer. Als erstes fing sich ein hochdekorierter Militär: " Es sieht als hätten wir hier Aliens die uns umzingeln. Ich glaube ich spreche hier für alle. Wir müssen auf die höchste Alarmstufe gehen und über Gegenmaßnahmen nachdenken!" Kopfschüttelnd sah der Professor den übereifrigen Militär an. " Maßnahmen wogegen. Sie wissen weder was die von uns wollen noch was sie tun könnten, wenn sich wirklich heraus stellt das wir einen Feind vor uns haben. Ich schlage vor wir versuchen erst mal einen Kontakt herzustellen und in Panik können wir dann immer noch verfallen." Peinlich berührt setzte sich der Militär mit hochroten Kopf wieder, als verhaltenes Gelächter durch den Raum hallte. Nun erhob sich die Verteidigungsministerin. " Professor Fields, ich glaube wir sollten trotzdem vorsichtig sein. Wir wissen eben noch gar nicht wer oder was da ist. Meinen sie dass es klug wäre einen Kontakt herzustellen?" Der Professor nickte. " Ja, unbedingt. " " Ich kenne sie schon lange Herr Professor und ich lege großen Wert auf ihre Meinung, aber in dieser Situation, glaube ich das sie falsch liegen." Fields wollte gerade antworten als die Tür des Konferenzraumes geöffnet wurde und ein Mann in Zivil herein gelaufen kam. Er schaute sich kurz um und lief dann zu General Warren und übergab in einen Notizzettel. Warren warf einen Blick darauf und trat Fields zur Seite. " Meinen Damen und Herren. Diese Diskussion ist soeben überflüssig geworden. Wir wurden kontaktiert." Stille. Niemand sagte etwas, bis Warren zu Trish und Tommy rüber blickte. " Mrs Desmond bitte stellen sie eine Verbindung mit der Kommunikationszentrale her. Dort hat man wichtige Informationen für uns." Mit sicherer Hand glitten Trishs Finger über die Tasten und Sekunden später waren sie mit der Zentralen Kommunikation verbunden. " General Warren wir sind Online. Sie können sprechen." Auf dem Bildschirm war jetzt ein Mann in Uniform zu sehen. " General wir haben eine Botschaft empfangen. Der Ursprung des Signals ist uns hier jedoch ein absolutes Rätsel. Es scheint direkt aus dem All zu kommen. Genauer können wir es zurzeit nicht lokalisieren." " Wir würden gern erfahren was sie empfangen haben?" entfuhr es dem Professor. " Es ist eine Audiobotschaft. Ich spiele sie ihnen gleich ein. Sie scheint irgendwie verschlüsselt zu sein. Wir konnten uns keinen genauen Reim machen. Hier kommt die Botschaft." Es war ein kurzes knacken zu hören. Dann hörten die Anwesenden im Raum eine blecherne irgendwie gleichgültige Stimme:" Es ist die Zeit für uns gekommen. Zu sprechen und zu verstehen. Zuhören für alle. Wir wissen ihr seht jetzt. Wir helfen euch." " Hier endet die Botschaft, General." Der General sah zu Fields. " Danke, bleiben sie am Ball und benachrichtigen sie uns wenn es Neuigkeiten gibt." Der Mann nickte und verschwand von der Wand. " Wir wissen zumindest dass sie unsere Sprache sprechen und uns helfen wollen. Wobei auch immer." sagte Fields und blickte den immer noch peinlich berührten Militär an. Tommy kam ein Gedanke. " Trish könnten sie nochmal auf das Teleskop schalten?" Trish nickte und machte sich an die Arbeit. Tommy hatte all die Leute im Raum völlig verdrängt. Er sah auf die Videowand, als dort der Blick ins All erschien. Totenstille war es im ganzen Raum. Als anstatt der Schlieren, ein gigantisches Raumschiff zu sehen war. Es hatte die Form eines Pilzes. " Trish schwenken sie langsam nach rechts mit dem Teleskop." Trish tat es. Es erschienen noch mehr Raumschiffe. Nach und nach enttarnten sich alle. Die Anzahl konnte Tommy nur schätzen. Das Teleskop konnte ja nur einen Ausschnitt zeigen. Wenn sie aber alle mit dem gleichen Abstand voneinander rundum die Erde Aufstellung genommen hatten, mussten es Hunderte sein. Er sah sich um und blickte in erstaunte aber nicht ängstliche Gesichter. Keiner saß mehr am Tisch. Sie standen alle still vor der Videowand und staunten. Sie wurden alle je aus ihrer Faszination heraus gerissen als sich das Kommunikationszentrum wieder meldete. "General Warren, Sir? Wir haben noch eine Botschaft empfangen. Dieses mal nur Zahlen. Wir denken dass es sich um einen bestimmte Zeit handelt. Moment es kommt grad noch etwas. Ich schalte auf Lautsprecher." Es knackte in der Leitung. "1900 Berlinzeit. 1900 Berlinzeit. Alle müssen hören." Dieses wurde monoton wiederholt. " Das ist ein Termin. Ein Termin für die gesamte Menschheit. 19.00 Uhr Ortszeit Berlin." Professor Fields war außer sich. Dann meldete sich der Mann aus der Zentrale wieder. "General, ich bekomme hier die Meldung, dass die Botschaft überall auf der Welt in allen Sprachen empfangen wurde." " Wie spät ist es jetzt in Berlin? Ich muss mit dem Präsidenten sprechen." sagte die Verteidigungsministerin. Fields rechnete kurz. " In Berlin müsste es jetzt 14.30 Uhr sein. Sie haben also noch ein wenig Zeit." Mit einem Mal setzte Hektik den Raum unter Strom. Alle hatten mit einem Mal ein Handy oder ein Telefon am Ohr. " Ich denke mal dass wir in viereinhalb Stunden mehr wissen. Sie haben aber nichts gesagt wie sie mit allen Menschen in Kontakt treten wollen." General Warren sah Professor Fields, Tommy und Trish an. " Ich glaube das können unsere Besucher ohne weiteres durchführen." Die Verteidigungsministerin kam auf die vier zu. " Professor halten sie sich bereit. Ich habe eben mit dem Präsidenten gesprochen und er hat vielleicht noch ein paar Fragen an sie." Fields nickte als hätte er sich grad zum Kaffe verabredet. " Wo kann ich sie finden?" Der Professor sah den General an. " Ich werde hier im Pentagon sein. General Warren wird immer wissen wo sie mich finden können." Der General nickte zustimmend. " Ich kann ihnen und Mr. Willard einen Raum anbieten, wo sich ein wenig ausruhen können. Wenn sie möchten." Tommy sah

Fields an. " Zum ausruhen bin ich zu aufgeregt, aber eine Dusche und etwas zu Essen wäre nicht schlecht." " Trish zeigst du den Herren wo sie die Kantine finden. Ich kümmere mich um frische Klamotten für sie Herr Professor." sagte der General. Trish zeigte in die Richtung in die sie mit den beiden Hungrigen gehen wollte: " Bitte folgen sie mir."

Nachdem Tommy und der Professor gegessen und geduscht hatten, zogen sie blaue Overalls an, die der General ihnen bringen ließ. Der Professor sah zur Uhr. " Wir haben noch eine Stunde und dreißig Minuten Zeit. Ich würde mir gern noch einmal Raumschiffe ansehen und mir die Nachrichten nochmals anhören." Tommy sah ihn an. " Stimmt etwas nicht?" " Ich weiß auch nicht, irgendetwas stört mich. Ich kann auch nicht sagen was es ist." Der Professor trat durch die Tür des Ruheraumes und suchte einen in Uniform gekleideten, um ihn nach dem General zu fragen. Der zeigte missmutig den langen Flur herunter und nuschelte nur " Anmeldung und Information." Fields winkte Tommy heran und sie gingen den Flur herunter. Sie kamen an einen Tresen wo eine etwas pummelige Dame mit Brille und Headset sie an sah aber sie mit dem Zeigefinger anwies zu warten. " Ich verbinde sie sofort." " Ich möchte mit General Warren sprechen. Es ist sehr dringend." Sie hob ohne zu antworten nur den Finger. " Der ist zurzeit nicht an seinem Platz. Bitte versuchen sie es später noch einmal." Die gleichgültige Mine der dicken Dame veränderte sich schlagartig. Sie sah aus als hätte ihr jemand mit einem Stock auf den Rücken geschlagen. Sie sah starr in die Monitore hinter dem Tresen. Tommy und Fields konnte nicht sehen was sich darauf abspielte, aber es musste etwas sein was die resolute Frau aus der Fassung brachte. Mit einem Satz war der Professor um den Tresen gehechtet und sah auf einem Überwachungsbildschirm was passiert war. Man konnte den Haupteingang des Gebäudes sehen. Doch hinten am Himmel konnte man ein riesenhaften Schatten über der Stadt sehen. " Ich glaube unsere Freunde wollen landen. Zumindest sind uns jetzt viel näher als vorher." Tommy trat dem Professor zur Seite und sah was er meinte. Eines der riesigen Raumschiffe hatte sich über Washington positioniert. "Wo ist General

Warren, schnell!" Die Frau wählte erschrocken eine Nummer. " General Warren bei mir steht..." Sie sah ihn an. "Professor Fields und Mr. Willard. Und schneller bitte." Sie redete kurz mit General und Sekunden später tauchte Trish Desmond auf und winkte den beiden zu. " Kommen sie mit. Es sieht so aus als könnte da jemand nicht so lange warten." Sie musterte die beiden."Schick sieht aber anders aus." schmunzelte sie. " Was ist passiert?" fragte Fields ohne auf ihre Aussage einzugehen. " Es sieht so aus als wollten die Außerirdischen schon jetzt landen. Auf der ganzen Welt sind gigantische Raumschiffe dabei zu landen. Kommen sie ich bring sie in die Zentrale." Sie folgten ihr. Sie kamen in der Kommunikationszentrale an und hatten das Gefühl als wäre jemand in einen Ameisenhaufen getreten. Ales und jeder wuselte durch den Raum. Trotz Hektik und Chaos, schien das alles kontrolliert abzulaufen. Der ganze Raum war vollgestopft mit Elektronik. Es gab keine Fenster. In der Mitte des Raumes war eine Art Kommandostand. Auf dem stand der Fels in der Brandung und erteilte Befehle. General Warren sah die beiden in ihren Overalls und winkte sie zu sich. " Kommen sie hier gibt es eine Menge zu sehen und erklären, für sie Professor." Sie standen nun neben Warren und sahen eine Wand voller Bildschirme. Auf jedem konnte man ein Raumschiff erkennen. " Was passiert hier? Haben sie eine Erklärung dafür? Wenn die Besucher so schlau sind warum tun sie dann so etwas. Als die Russen die Schiffe entdeckt haben wären die fast durchgedreht. Der Präsident hatte alle Mühe sie davon zu überzeugen nicht anzugreifen." Der Professor schien gar nicht gehört zu haben. Er starrte auf die Bildschirme und kam aus dem Staunen nicht mehr raus. " Ich habe ein Team nach draußen geschickt um das Schiff zu beobachten und zu vermessen. Die müssten sich jeden Moment melden." Der General packte Fields an der Schulter. " Entschuldigen sie. Ich habe sie verstanden, aber es ist so unglaublich." Warren nickte. Sie warteten auf Nachrichten von dem Team, das sich zwanzig Minuten später meldete. " General Warren, hier Team Alpha. Wir konnten keinerlei Strahlung messen. Wir haben das Raumschiff vermessen. Es schwebt zwei Kilometer über dem Erdboden, vollkommen geräuschlos. Wir können nur einen leichten Anstieg des Luftdruckes messen. Wir haben Kameras installiert, die schalte ich jetzt online." Mit einem kurzem aufblinken erschienen Bilder aus nächster Nähe, vom Raumschiff. Man konnte Lichter sehen und verschiedene Aufbauten, die entfernt an Antennen erinnerten. Die Auswertungen der Messdaten dauerte an, bis jemand auf die Uhr schaute. " Es ist gleich soweit! Es ist 18 Uhr und 57 Minuten, Berlin Ortszeit." Die nächsten drei Minuten war es totenstill. Der gesamte Planet schien den Atem anzuhalten. Als Punkt 19 Uhr ein dröhnen zu hören war. Auf den Übertragungen der Kameras sah man wie sich eine riesenhafte Luke am Raumschiff öffnete. Dann wurden alle Bildschirm schwarz. Computerbildschirme, normale Fernseher oder Überwachungsmonitoren, alle waren kurzfristig lahmgelegt. Auf der ganzen Welt! Nach etwa 10 Sekunden konnte man auf allen Geräten ein leichtes Flackern erkennen das heftiger wurde und sich allmählich zu einem Bild wurde. Man konnte einen Mann erkennen. Einen etwa fünfunddreißig jährigen, der freundlich lächelte. Er begann zu sprechen. " Ich grüße die gesamte Menschheit. Wir kommen von einem anderen Planeten und beobachten sie sehr lange. Dank unserer Technologie war es uns möglich, uns immer im Verborgenen zu halten. Wir wissen dass sie sich Außerirdische immer etwas anders vorstellen, aber wir haben die gleiche Abstammung und sehen uns daher sehr ähnlich. Dazu aber später mehr. Warum wir uns entschieden haben unsere Tarnung aufzugeben, hat folgenden Grund. Sie haben das Ökosystem der Erde so sehr geschädigt, dass sie ohne unsere Hilfe in kürzester Zeit, den totalen Kollaps herbei geführt hätten. Wir kommen von einem Planeten der zwölfmal so groß ist wie die Erde. Wir haben in unserer Geschichte, fast genau die gleichen Fehler gemacht und unseren Planeten fast zerstört. Ein Zufall hat uns damals vor der Zerstörung bewahrt. Sie wissen auch schon seit längerem das die Erde Krank ist. Ihnen ist es auch bestimmt nicht entgangen das sie zurzeit im sterben liegt. Sie haben es verpasst, ihr Verhalten zu ändern und haben das Wort Umweltschutz nicht ernst genommen. Jede Maßnahme die sie, mit ihren Mitteln, jetzt noch ergreifen könnten, käme viel zu spät. Sie können ihre Erde nicht mehr selbst retten." Wie von einem Hammer getroffen sahen weltweit die Menschen, diese Übertragung. " Wir wollen die Erde retten. Sie können sich vorstellen, dass wir das nicht tun damit sie so weitermachen wie bisher. Wir helfen der Erde nur wenn sie einen Vertrag mit uns schließen, in dem sie sich verpflichten egal welchen Planeten zu achten und sorgsam mit ihm umgehen. Wir haben auf der Erde schon Generatoren platziert die die Erde, sagen wir mal mit neuer Energie aufladen. Der Vorgang ist natürlich weit aus komplizierter. Ich hoffe ich habe sie von unserer Friedfertigkeit und ihrer aussichtslosen Situation überzeugt. Wir werden Morgen mit allen führenden Vertretern der Erde zusammen treffen und alles Weitere besprechen. Fragen die sie jetzt bestimmt an uns haben werden, können sie unseren Beratern stellen, die sich in diesem Augenblick überall auf der Welt zu ihnen unterwegs sind. Ich danke allen für die Aufmerksamkeit und wünsche ein gesundes Leben." Genauso plötzlich wie er kam verschwand er von den Bildschirmen. Jetzt sah man wieder das Raumschiff. Man konnte erkennen wie sie ein Teil vom Schiff löste und sich Richtung Washington auf den Weg machte. Kurze Zeit später landete dieser Transporter vor dem Weißen Haus. Ein Wagen versuchte sich einen Weg durch eine Menschenmenge zu bahnen. Es sah aus als würde ganz Amerika auf dem Weg zu dem gelandeten Transporter zu sein. In dem wagen saßen am Steuer der General, der Professor, Tommy und Trish. Sie waren vom Präsidenten als Fachleute ins Weiße Haus gerufen worden. Nur mit allergrößter Mühe gelang es dem General, niemanden zu überfahren. Endlich hatten sie ihr Ziel erreicht. Der Transporter stand auf dem Rasen vor dem Weißen Haus und man konnte sehen dass die Insassen schon ausgestiegen waren. Die vier liefen den Rest des Weges. Man geleitete sie bis zum Präsidenten der Vereinigten Staaten von Amerika. Der war schon in ein angeregtes Gespräch mit einer Frau vertieft. Als er den General und den Professor sah kam er lächelnd auf sie zu. " Kommen sie ich möchte sie mit unserer Beraterin Kerisch bekannte machen. Sie ist eben mit etwa fünfzig anderen hier gelandet." Hinter dem Präsidenten tauchte Kerisch auf und lächelte. " Sie sind Professor Fields. Freut mich sie kennen zu lernen. Sie haben bestimmte Tausende von Fragen an mich. Wir haben Zeit. Fragen sie was sie möchten." Sie setzten sich und begannen ein sehr langes Gespräch. Es stellte sich heraus dass der Würfel den der Professor gefunden hatte, eine Messsonde war und den Grad der Verschmutzung der Erde messen sollte. Die anderen Würfel, gehörten zu dem Generator, der die Erde wieder aufladen sollte. Kerisch erzählte von ihrem Heimatplaneten. Er hieß Neiat und war Hunderte von Lichtjahren entfernt. Es stellte sich ebenfalls heraus das Neiatianer die Erde schon fast achtzig Jahre beobachtet ohne einzugreifen. Die Würfel aus den Meteoriten waren Teile des Generators. Sie würden alle mit einander verbunden werden und eine Energie freisetzen die Die Erde heilen würde. Als Kerisch erzählte wie alt sie war konnte es Fields kaum fassen. Sie war nach Erdenjahren gerechnet 437 Jahre alt. Die Energie die auf ihrem Planeten durch Zufall entdeckt wurde, machte ein noch viel höheres Alter möglich. Noch viele Fragen wurden von Kerisch beantwortet, aber genauso viele blieben ungefragt. Der Vertrag zwischen Neiatianern und Menschen wurde geschlossen. Er ermöglicht der Menschheit aber auch zu anderen Welten zu reisen und dort vielleicht zu helfen.

Lieber Leser diese Geschichte, leider ist es nur eine, sollte jeden daran erinnern das er unserer Erde etwas schuldig ist. Ich glaube wir können nicht mehr warten bis uns jemand anderes hilft. ODER?

Die Familie

Gerald saß auf der Terrasse und rauchte. Er war zufrieden mit sich und der Welt. Er sah in den großen Garten. Sie hatten es geschafft. Sie waren endlich zu Hause angekommen. Es hatte auch lang genug gedauert. Nach Jahren der Entbehrung und des dahin Vegetierens in einer Mietwohnung, hatten sie endlich ein Haus mit Garten. Kein Getrampel mehr von den Nachbarn, kein Ärger wegen des Hundes und die Kinder konnten endlich im Haus und im Garten spielen, ohne dass er und Betty Angst um sie haben mussten. Ja das Leben kann schön sein. Er merkte nicht wie Betty sich von hinten an ihn anschlich. Sie legte zärtlich ihre Hände auf seine Augen." Hast du mich erschreckt. Mary bist du das?" Augenblicklich ließ sie ihn los. " Du Schuft, wer ist Mary?" Sie sah ihn wütend an. Er musste laut los lachen. "Niemand, mein Schatz. Wollte dich bloß ein bisschen hoch nehmen." Sie boxte ihn lachend in die Seite. " Ich wollte dich rein holen. Das Abendessen ist fertig." " Mmmmh, was gibt es?" Fragte er hungrig. " Lass dich überraschen." Mit diesen Worten glitt sie wieder elegant ins Haus.

Er drückte seine Zigarette aus und streckte sich. Dann folgte er ihr. Die Kinder saßen schon am Tisch und warteten auf ihn. Er setzte sich und schaute in die Runde. Er sah Mary Ann, mit ihren fünfzehn Jahren. Ein Teenager wie er im Buche steht. Vor drei Jahren war für sie Basketball das wichtigste in ihrem Leben. Doch dann entdeckte sie das andere Geschlecht und die Produkte der Kosmetikindustrie. Als Vater war es seine Pflicht darauf zu achten das ihr kein Junge zu nah kam, aber in den Augen von Mary Ann, versuchte er sie einzusperren. Keiner Verstand sie und alle zwei Tage war ein anderer Junge ja so süß. Aber er liebte sie. Gerald sah auf die andere Seite, dort saß Prinzessin Kim. Sie lächelte immer, auch wenn es nicht haben passte. Kim war zehn Jahre jung und schwamm auf einer rosaroten Welle durch die Märchenwelt. Sie war ein richtiges Mädchen, spielte mit Puppen und fand Jungs doof. Noch, seufzte er in Gedanken. Dann kam das Nesthäkchen, Danny. Er war sechs Jahre alt. Er war ein Entdecker und Abenteurer. Nichts war vor ihm sicher. Alles musste untersucht und entdeckt werden. Nur Flausen im Kopf. Zum Schluss sah er Betty an. Sie war so wunderschön und er liebte sie über alles. Das knurren in der Magengegend ließ in sein Augenmerk auf das Essen richten. Sie hatte sich mal wieder selbst übertroffen. Hühnerkeulen satt, mit Kartoffelpüree und Erbsen. Das Lieblingsessen der Familie Stubs. " Na dann, wünsche ich euch einen guten Appetit." Mit diesen Worten griff er zu und biss in eine Keule.   Es schmeckte so lecker, dass Gerald wieder an die paar Kilo dachte die er zu viel auf die Waage brachte. Sie waren alle fertig mit essen und Mary Ann wollte grad aufstehen, als Gerald sagte:" Wartet, ich möchte euch noch etwas sagen." Er machte dabei ein sehr ernstes Gesicht. Mary setzte sich wieder. Er sah in die Runde und selbst Betty war überrascht, denn so hatte er oft genug schlechte Nachrichten mitteilen müssen. " Wir wohnen jetzt hier schon ein halbes Jahr. Die Renovierungsarbeiten sind endlich abgeschlossen und eine ganzen Batzen Geld gekostet." Er seufzte theatralisch. " Gerald, was ist los? Raus mit der Sprache, gibt es Probleme?" Betty war nie die geduldigste. Gerald hatte Mühe seine Rolle weiterzuspielen und nicht zu lachen. " Nun, Betty wir müssen uns wohl von einem Teil des Gartens verabschieden. Ich habe schon für morgenfrüh jemanden bestellt der sich darum kümmert." Stille und ratlose Gesichter saßen ihm gegenüber. Als erstes fing sich Kim wieder. " Wir bleiben doch aber hier wohnen, oder?" " Auf jeden Fall, Prinzessin. Hier kriegt uns keiner mehr weg." sagte Gerald. Betty stand auf und kam zu ihm. " Ist es heute bei der Bank so schlimm gewesen? Und warum zum Teufel erzählst du mir das erst jetzt?" Gerald konnte nicht mehr er musste laut loslachen. Zuerst war er der einzige der lachte. Als er aber den Prospekt vom Poolbauer auf den Tisch schmiss, begann Betty auch zu verstehen warum sie sich von einen Teil des Gartens verabschieden sollte. Ein Pool! Jetzt fielen die Kinder mit ein. Mary und Kim hatten es begriffen und Danny lachte einfach nur mit und wusste nicht warum. " Aber Liebling, woher nehmen wir das Geld? Ach was ich finde Klasse. Einen Pool." Sie klang wie ein kleines Kind. Nachdem es ruhiger war und Kim und Mary, Danny aufgeklärt hatten. Wurde es ruhiger. " Ich habe heute einen Supervertrag unter Dach und Fach gebracht. Der bringt uns so viel Geld ein das wir uns keine Sorgen über die Bezahlung machen müssen. Eine große

Firma hat über mich den gesamten Fuhrpark bestellt. Weit über vierzig Fahrzeuge." Betty musste sich setzen. Sie war mächtig stolz auf ihren Man. Sonst verkaufte er vielleicht zwei manchmal auch drei Wagen die Woche, und jetzt so ein Geschäft. " Das war heute Vormittag. Ich habe Feierabend gemacht und bin zur Bank. Der Kredit den wir für den Kauf und die Renovierung des Hauses aufgenommen haben, ist noch nicht ausgeschöpft. Wir befinden uns auf der Gewinnerseite." Jetzt musste es raus. Er sprang auf riss beide Arme in die Höhe und feierte wie ein Fußballspieler ein Tor feiert. Ein wenig außer Atem sagte er:" Das musste jetzt raus. Sei mir nicht böse, aber ich bin gleich zum besten Poolbauer der Stadt gegangen und habe mich beraten lassen." Er nahm den Prospekt zur Hand und zeigte der Familie, welche Pools zur Auswahl standen. Wenn man von draußen in das Haus der Stubs sah, konnte man meinen dass es Weihnachten wäre und sie grad bei der Bescherung wären. Es wurde spät. Danny war schon auf dem Sofa eingeschlafen und die anderen beiden mussten auch ins Bett. Als er und Betty allein waren, dankte sie ihrem Mann auf spezielle

Weise. Danach lagen sie sich glücklich in den Armen und schliefen glücklich ein. Am nächsten Morgen wurde Gerald als erster wach und machte sich auf den Weg in die Küche um sich und Betty einen Kaffee zu kochen. Die Augen noch halb geschlossen setzte er sich auf einen der Barhocker an dem Küchentresen. Sein verschlafener Blick fiel auf den Poolprospekt, der in zwei Hälften zerrissen auf dem Boden lag. Erst als das zweite Mal hinsah, begriff er dass jemand den Prospekt Zerrissen hatte. Warum und vor allen Dingen wer? Er hob die Teile auf und legte sie auf den Tisch. Das würde er nachher klären mit den Kindern. Er machte sich mit den zwei Kaffeebechern auf den Weg ins Schlafzimmer. Betty schlief noch und schnarchte ganz leise. Er setzte sich neben sie und wartete bis sie der Kaffeeduft weckte. " Guten Morgen, du schönste unter den Blumen." Er wusste sie brauchte morgens ein gewisse Anlaufzeit. Eigentlich war sie es immer die zuerst aufstand. Er hatte selten die Möglichkeit ihr Kaffee ans Bett zu bringen. Sie sah ihn mit verschlafenen Augen an, die Falten des Kissen noch im Gesicht. " Ja, eine Strohblume. Alter Schleimer." Er musste lachen. Sie setzte sich auf und trank den heißen dampfenden Kaffee. Langsam wurde sie munter und sah auf die Uhr. " Ich hätte noch zehn Minuten schlafen können." Sie machte ein gespielt, beleidigtes Gesicht."Entschuldigen sie gnädigste. Ich habe mich in der Zeit geirrt. Ich mache mich jetzt auf den Weg die königlichen Kinder zu wecken." sagte und sprach dabei wie ein englischer Butler. Er ging steif aus dem Zimmer und hört wie Betty kopfschüttelnd kicherte. Er klopfte an Mary Anns Zimmertür. Sie wollte seit neuesten das niemand ihr Zimmer betritt, ohne vorher geklopft zu haben. Als sich nichts rührte, klopfte er stärker. Ein müdes herein wurde gerufen. Er öffnete die Tür. " Guten Morgen, Mary Ann. Beeil dich sonst ist deine Schwester vor dir im Bad." Das zog besser als der lauteste Wecker. Mary sprang aus dem Bett und flitzte sich den Bademantel überstreifend an ihrem Vater vorbei ins Badezimmer. Er lächelte. Weiter ging es mit Prinzessin Kim. Sie war die Schlafmütze in der Familie. Doch auch sie konnte mit einem Trick geweckt werden. Er öffnete leise die Tür. Durch die ganzen Stofftiere konnte man Kim in ihrem Bett kaum sehen. " Guten Morgen, meine Prinzessin. Du musst aufstehen, ein Frühstück und danach der Schulbus warten." Ein müdes undefinierbares Grunzen kam unter dem Plüschtierhaufen hervor. Na gut, dachte Gerald, dann eben anders. Er setzte sich auf die Bettkante von Kim. " Kimberly, steh auf. Ich fahre dich sonst zur Schule und rufe dann zum Abschied `Auf Wiedersehen, liebste Kimberly´ und zwar so das alle mich hören können." Plötzlich mit der Gewalt eines Vulkans, stoben Teddys durch die Luft. " Das würdest du nicht tun.""Doch das würde ich. Natürlich nur wenn du denn Schulbus verpasst." Kim hasste es wenn man sie Kimberly nannte. Sie war doch kein Baby mehr. Sie krabbelte aus dem Plüschberg und fing an sich Klamotten für die Schule heraus zu suchen. Er ging lächelnd und wollte jetzt Danny wecken. Doch der lag nicht in seinem Bett. Er musste schon aufgestanden sein. Gerald machte sich auf die Suche nach ihm. Im Wohnzimmer fand er ihn. Er stand barfuß vor dem großem Fenster zum Garten und schaute hinaus. Er hatte noch seinen Schlafanzug an. Er starrte aus dem Fenster und merkte nicht wie sein Vater ins Zimmer kam. " Danny? Alles OK?" Er reagierte nicht auf Gerald. Er ging zu seinem Sohn, der sich immer noch nicht bewegte und stellte sich neben ihn. " Danny, was siehst du da? Da ist doch nichts." Langsam drehte Danny sich um. " Er will nicht dass wir im Garten graben." Gerald wusste nicht was sein Sohn meinte. " Wer hat das gesagt? Von wem sprichst du?" Danny sah wieder nach draußen. " Der Mann mit dem Seil." Er nahm ihn auf den Arm und sah ihm in die Augen. " Hast du geweint? Komm, ich mache dir erst mal einen Kakao und du erzählst mir was du geträumt hast." Danny nickte und sah ihn traurig an. Gerald vermutete einen Alptraum. Er ging mit Danny auf dem Arm in die Küche. Er sah sofort dass der Prospekt wieder am Boden lag. Jetzt war er in vier Teile zerrissen worden. Er setzte Danny ab. " Warst du das Danny?" der schüttelte den Kopf. " Es war der Mann, der mich wach gemacht hat." Man konnte Danny immer ansehen wenn er log. Jetzt sagte er die Wahrheit. Gerald nahm die Teile des Prospektes in die Hand und als er aufstehen wollte, stand plötzlich Betty vor ihm. Er erschrak sich. " Was ist denn mit dir los und warum hast du den Prospekt zerrissen?" fragte sie ihn. Er erzählte ihr von Danny. Sie machte ein besorgtes Gesicht und mit der Hand Dannys Stirn. "

Er hat Fieber. Das war bestimmt ein Alptraum, durchs Fieber ausgelöst. Er bleibt heute zu Hause. Rufst du vom Büro aus im Kindergarten an und meldest du ihn ab?" Gerald lächelte sie an. " Nein!" Sie sah ihn an. " Warum nicht?" Mary Ann verließ laut fluchend das Badezimmer. Teenager eben. " So wie es aussieht hast du heute zwei Männer auf dem Hals." sagte er grinsend. " Manley hat mir für den Rest der Woche freigegeben. Es würde die anderen Verkäufer deprimieren, wenn sie mir bei der Arbeit zu sehen müssten." Sie lächelte.

" Gut, dann rufst du bitte von hier aus an." Sie brachte Danny in sein Zimmer und legte den kleinen Mann in sein Bett. Jetzt konnte Gerald auch sehen dass er krank war. Betty machte sich schnell auf den weg zum Badezimmer. Dort war ein Geschwisterkrieg am toben. Mary Ann stand vor der Badezimmertür und hämmerte dagegen. " Ich war noch nicht fertig, du kleines Biest!" Betty schritt ein. " Was ist denn hier los?" Mary Ann verbarg ihre Stirn vor ihrer Mutter. " Ich habe nur eine Creme aus meinem Zimmer geholt und Kim ist einfach ins Bad marschiert und hat abgeschlossen." dabei stampfte sie mit ihren Füßen auf. Betty musste sich das lachen verkneifen, Gerald schaffte das nicht. Mary sah ihren Vater an, stampfend und eine Hand an der Stirn. Sie sah aus wie ein Indianer auf dem Kriegspfad. Gerald entschuldigte sich lachend und verschwand wieder in die Küche. Er sah dass er den Prospekt immer noch in der Hand hatte. Wer hatte ihn zerrissen? Danny war es mit Sicherheit nicht. Und die Mädchen auch nicht, die waren zu sehr mit sich beschäftigt. Er legte das Papier wieder auf den Tisch und ging sich anziehen. Die Wogen auf dem Flur hatten sich geglättet und Kim hatte ihre Schwester ins Bad gelassen, wo sie den riesigen Pickel abzudecken versuchte. Nach einer halben Stunde saßen alle außer Danny wieder am Tisch und frühstückten. Gerald war in Gedanken immer noch bei dem zerrissenen Prospekt. " Hat einer von euch Mädchen, den Poolprospekt aus Versehen zerrissen?" er blickte in die Gesichter seiner Mädchen und beide schüttelten mit dem Kopf. Bevor er weiter sprechen konnte läutete es an der Haustür. Gerald öffnete. Vor ihm stand der Vertreter der Poolfirma. "Hallo, da bin ich. Wir wollten heute den Pool ausmessen." Gerald holte den

Mann lächelnd rein. " Schön dass sie so früh da sind. Möchten sie einen Kaffee oder wollen wir gleich in den Garten?" Gerrit war der Inhaber der Poolfirma. Er war 36 Jahre alt und hatte vor einigen Jahren die Firma von seinem Vater übernommen. " So gern ich Kaffee trinken würde, ab er mein Terminplan ist heute sehr eng gestrickt. Schade dass der Tag nur vierundzwanzig Stunden hat." Gerald zeigte ihm den Weg in den Garten. Er zeigte ihm auch wo der Pool hin sollte. Gerrit war nicht gleich einverstanden, aber die beiden waren sich schnell einig. Die Form hatte sich Gerald schon in Gerrits Laden ausgesucht und es schien alles zu passen. "Wann könnten sie mit dem Bau beginnen?" Gerrit lächelte ihn noch mehr an. " Eigentlich sind wir zurzeit vollkommen ausgebucht, aber einer meiner Kunden ist abgesprungen. Mit anderen Worten, wir könnten heute aber spätestens Morgen anfangen." Gerald klatschte vor Freude in seine Hände. " Zum Wochenende haben sie hier schon einen Pool stehen." Betty kam mit ernster Mine aus dem Haus. " Danny hat Fieber und ist ganz still." Wenn Danny still war, war er wirklich ernsthaft krank. " Ich komme gleich wieder, ich muss nur kurz telefonieren." sagte Gerald zu Gerrit. Er ging mit Betty ins Haus. " Ruhig , Schatz. Ich rufe jetzt Dok Peters an. Der soll ihn sich mal ansehen." Er rief den Arzt an und der sagte zu das er am Nachmittag nach Danny schauen würde. Er nahm seine Frau fest in den Arm und beruhigte sie, oder er versuchte es zumindest:" Es wird schon wieder. Ist bestimmt nichts Ernstes. Komm mit ich zeige dir wo wir am Wochenende mit den Kindern planschen werden." Er zog sie an der Hand nach draußen und malte mit dem Finger in der Luft die Umrisse des Pools, imaginär in den Garten.

"Hier kommt das Prachtstück hin und so groß wird er werden. Und noch besser, Gerrit hat mir grad gesagt dass er schon heute oder Morgen anfangen könnte." Betty ließ sich schließlich von Geralds Vorfreude anstecken und sie grinste sehr breit. " Wie lange dauert es so einen Pool zu bauen?" Gerrit grinste mit de beiden mit." Das geht ziemlich schnell. Zum ausheben benutzen wir zwei Bobcats. Das sind zwei Bagger im Taschenformat. Ich denke mal in zwei bis drei Tagen sind wir wieder verschwunden und sie können schwimmen gehen."

Ich kann es kaum noch erwarten. Ich muss zu meinem Sohn, mein Mann steht ihnen ja zur Verfügung. " Sie gab Gerald einen dicken Kuss auf die Wange und wollte grad ins Haus gehen, als Danny in der Tür stand und nach seinem Daddy rief. Betty blickte Gerald an, ihr lächeln war wieder verschwunden. Gerald lief zu Danny und nahm ihn auf seinen Arm. " Hallo was machst du denn hier draußen, solltest du nicht im Bett liegen?" Er fühlte ihm die Stirn. Die war warm aber nicht sehr. Mit Danny auf dem Arm ging er zu Gerrit. " Kuck mal der Mann baut mit seinen Leuten hier unseren Pool hin. Freust du dich darauf?" Danny nickte verschlafen. Gerrits Telefon klingelte. Er entschuldigte sich kurz und ging ein paar Schritte zurück. " Daddy, der Mann war eben bei mir im Zimmer." sagte Danny leise zu seinem Vater. Gerald war überzeugt dass sein Junge nur geträumt hatte. " Der wollte bestimmt auch nur sehen wie es dir geht, oder?" Danny schüttelte den Kopf. " Nein, er hat gesagt, dass ich dir sagen soll, dass du nicht an der Stelle graben sollst." Danny zeigte auf die Stelle wo der Pool geplant war. Etwas erstaunt fragte Gerald:" Hat er auch gesagt warum nicht?"

Betty hörte mit erschrockenen Augen das Gespräch der beiden. " Er hat gesagt dass es zu gefährlich sei. Dann sagte er noch Gas! Dann war er weg." Betty sah Gerald an. " Wovon spricht er?" Gerald erzählte ihr dass Danny ihm am Morgen schon von dem Mann erzählt hat. " Was kann das sein?" Betty klang besorgt."Heute Morgen hielt ich es für einen Alptraum, jetzt bin ich mir nicht so sicher. Woher soll Danny wissen wohin wir den Pool bauen wollten. Ich habe das doch eben erst mit Gerrit besprochen." Gerald dachte nach. " Was meinte er mit Gas?" in dem Moment kam Gerrit wieder. " So, liebe Familie Stubs. Wir fangen heute an. Eigentlich sind meine Männer und Frauen schon auf dem Weg." " Gerrit, könnte es sein dass sich in der Erde im Garten eine Gasleitung befindet?" Gerrit hörte augenblicklich auf zu lächeln. " Wie kommen sie darauf? Wenn sie da was wissen, müssen sie mir das sagen bevor wir hier anfangen drauf los zu buddeln." Gerald wurde verlegen. " Ich weiß nichts von einer Leitung. Mein..." Er dachte nach. Er konnte dem Mann ja schlecht sagen dass sein Sohn einen imaginären Mann gesehen hatte, der ihm dann von einer Gasleitung erzählte. " Mein Nachbar, erwähnte mal so etwas. Kann man das nicht vorher testen?" "Normalerweise geht man davon aus das der Hausbesitzer weiß, was in seinem Garten steckt. Bei ihnen ist noch anders. Sie wohnen erst ein halbes Jahr hier, da kann ihnen so etwas wie eine Gasleitung im Gartenboden leicht übersehen. Oder man weiß es gar nicht erst. Haben sie mal einen Spaten für mich, ich will mal sehen ob ich etwas finde." Gerrit fing an im Garten zu graben. Zweimal fand er nichts , doch beim dritten Versuch, stieß der Spaten auf Metall. " Mir scheint ihr Nachbar hatte recht. Da ist etwas." Nach einiger Zeit hatte Gerrit es so weit freigelegt das man etwas erkennen konnte. " Was ist es? Wie ein Rohr sieht es nicht aus." sagte Betty. " Ist es auch nicht." Gerrit wischt mit dreckigen Finger an einem Schild herum."Gott der gerechte. Wenn da der Bagger rein gehauen hätte, wäre das Haus, ach was der halbe Block weg. Das ist ein Gastank." Er stand auf. " Da haben wir aber Schwein gehabt. Ich weiß nicht ob sich im Gastank noch Gas befindet. Ich will es aber lieber vorsichtig testen, bevor ich mir unsere Stadt von oben ansehen muss." Gerald begriff dass sie knapp an einer Katastrophe vorbei geschlittert waren. Er sah zum Haus. In einem der Fenster, sah er den Schatten einer Person. Er rieb sich die Augen und sah nochmal hin. Er sah aber nur noch den Schatten vom Fenster weg huschen. Ohne auf die anderen zu achten lief er ins Haus und zu dem Fenster an dem er den Schatten gesehen hatte. Es war nichts zu sehen. Er kontrollierte das ganze Haus. Es war alles in Ordnung. Er fragte sich ob er sich geirrt hatte und ging zurück in den Garten. Hier waren schon zwei Mitarbeiter von Gerrit, mit seiner Hilfe dabei den Tank freizulegen.

" Schatz, wo warst du? Er hat den Gastank überprüft. Der ist voll bis oben hin, mit Propangas. Stell dir vor was passiert wäre wenn." weiter sprach sie nicht. Gerrit kam auf die beiden zu. " Das wird zum Problem werden. Der Tank ist randvoll mit Gas. Der muss fachmännisch entsorgt werden. Ich kenne jemanden der sich damit auskennt. Soll ich ihn anrufen?" Beide nickten. " Ich danke ihnen Gerrit, es wäre nett wenn sie mir dieses Problem vom Hals schaffen könnten." sagte Gerald. Ohne Worte nickte Gerrit zustimmend und machte sich an sein Telefon. Es läutete an der Tür. Es war Dok Peters.

Er untersuchte Danny und stellte einen normalen grippalen Infekt fest. " Nichts Schlimmes oder Tödliches. Es kommt drei Tage, es bleibt drei Tage und es geht drei Tage. Bisschen schwitzen und frische Hühnerbrühe, werden den kleinen Kerl wieder auf die Beine bringen." war seine Diagnose. Mit einem milden Lächeln wollte er sich wieder verabschieden, als Betty ihn am Arm festhielt. Sie erzählte ihm von dem Vorfall, mit dem Mann. Nachdenklich sah der Dok sie an." Es kann schon Mal vorkommen das man fantasiert bei Fieber." Damit war für ihn das Thema erledigt. Betty wollte nicht näher darauf eingehen und brachte den Dok zur Tür und verabschiedete ihn. Als sie die Tür geschlossen hatte sah sie Gerald an. " Ich glaube nicht dass es bei Danny, am Fieber liegt." Sie machte ein trotziges Gesicht und wollte grad etwas sagen als Dannys helle Stimme aus seinem Zimmer drang. Betty und Gerald gingen dichter an die Tür. Es hörte sich an als hätte er jemanden da und unterhält sich mit demjenigen. Betty wollte rein stürmen, als Gerald sie festhielt und seinen Zeigefinger auf seine Lippen legte. Sie lauschten an der Tür ihres siebenjährigen Sohnes. " Ich habe

keine Angst, vor dir." hörten sie Danny mutig sagen.
" Pause. Es schien der andere würde Danny etwas sagen, aber Betty und Gerald hörten keinen Laut aus dem Zimmer. " Gut ich sag es meinem Vater, wann kommst du wieder?" Wieder Stille. Gerald schob langsam und ganz vorsichtig die Tür einen Spalt weiter auf. Jetzt sah er Danny er saß auf seinem Bett und starrte die Wand an. Dabei nickte er leicht und lächelte. Ohne jede Vorwarnung drehte Danny seinen Kopf zur Tür und sah seinen Vater an. Gerald erschrak ein wenig, lächelte seinen Sohn an und betrat das Zimmer. Er sah an die Wand die Danny die ganze Zeit angestarrt hatte. " Mit wem sprichst du?" fragte er Danny so freundlich wie nur möglich. Danny sah an die Wand und dann wieder zu seinem Vater, der sich auf seine Bettkante gesetzt hatte. Betty stand ängstlich in der Tür und versuchte sich ebenfalls ein Lächeln abzuringen. " Mit Mr. Gruber." " Wer ist Mr. Gruber und wo ist er? Ich kann hier weit und breit nichts sehen." " Daddy, er steht direkt dort." Er zeigte auf die Wand. " Er sagt dass du ihn nicht sehen kannst, weil du nicht willst." Pause. Danny hörte zu. Dann sagte er. " Ich soll euch sagen das er hier in

dem Haus aufgewachsen ist und sich freut das hier so nette Leute eingezogen sind." " Danny jetzt hör mir mal zu. Es gibt keinen Mr. Gruber. Das ist das Fieber. " Plötzlich ohne dass jemand ihn berührt hätte, schoss Danny Basketball quer durchs Zimmer. Betty konnte einen Aufschrei nicht unterdrücken. " Das war Mr. Gruber. Er sagt er mag es nicht wenn man sagt dass es Geister nicht gibt. Das macht ihn wütend." Gerald starrte auf den Basketball und war baff. Dafür gab es keine natürliche Erklärung. " Was möchten sie Mr. Gruber?" fragte Betty kleinlaut. Danny lächelte seine Mutter an. " Keine Angst Mom. " Er drehte sich zur Wand und hörte zu. Betty ging langsam zu ihrem Mann. Nicht ohne die Wand aus den Augen zu verlieren. Danny sagte " Wenn euch die Sache mit dem alten Gastank noch nicht Beweis genug war, dann sollt ihr am dritten Zaunpfeiler, auf der rechten Seite des Gartens, etwa zwei spatentief, graben. Daddy er sagt das er dort einen Schatz vergraben hat." Danny winkte und verabschiedete sich von der Wand und rannte aus dem Zimmer. Er ließ zwei Eltern mit offenen Mündern zurück ,die auf eine Wand starrten. Danny hatte sich über seinen Schlafanzug eine gelbe Regenjacke gezogen und war barfuß in seine Gummistiefel geschlüpft. So stand er Augenblicke später in der Tür und sah seine Eltern an. Die saßen immer noch auf dem Bett. " Daddy komm schon. Mr. Gruber ist weg. Lass uns den Schatz ausgraben." Dabei hüpfte er in seinen Gummistiefeln auf und ab. Gerald kam wieder zu sich." Warte, warte junger Freund. Du bist krank und gehörst ins Bett. Und außerdem." Er ging zum Fenster und zeigte in den Garten. " Haben wir eine Horde Handwerker im Garten. Die uns da ein sehr tiefes Loch buddeln. Wenn die Feierabend machen gehen wir alle zusammen und suchen den Schatz von Mr. Gruber." Betty sah das Leuchten in den Augen ihres Mannes." Gerald du glaubst doch nicht allen Ernstes dass da etwas ist." Er ging zu Danny und begann ihn wieder auszuziehen. " Du gehst ins Bett und ruhst dich aus. Mom und ich gehen in die Küche und machen dir etwas Leckeres zum essen." Schmollend und wiederwillig ging Danny ins Bett. Er drückte seinem Sohn noch einen Kuss auf die heiße Stirn." Versprochen wir suchen nicht ohne dich nach dem Schatz." Dann nahm er Betty an die Hand und zog sie in die Küche. Er wollte grade mit ihr reden,

als Gerrit an die offene Tür zum Garten klopfte. "
Darf ich kurz stören." Er kam rein ohne auf eine
Antwort zu warten. " Wir haben den Tank jetzt
freigelegt. Ein riesiges Prachtstück haben sie da."
Mein Kollege von der Entsorgungsfirma pumpt ihn
gerade leer und danach bergen wir ihn mit einem
Kranwagen." Gerald machte ein ernstes Gesicht. "
Was wird das alles Kosten?" " Ganz billig ist das
nicht, aber wir kommen ihnen da schon mit dem
Preis entgegen. Der Schrottwert vom Tank ist
nämlich nicht zu verachten." Gerald lächelte
verkniffen.

Bis spät am Abend hatte Gerrit mit seinen Leuten
den Tank vom Grundstück geschafft und die
spätere Form des Pools in den Garten gegraben. Der
sah aus als hätte eine Bombe eingeschlagen und
einen Krater hinterlassen. Gegen 18 Uhr waren alle
Handwerker aus dem Garten verschwunden. Die
Familie Stubs versammelte sich in der Küche. Danny
war dick eingepackt und so aufgeregt wie es nur
ging. Kim sah nur angewidert in den Garten. Sie
hasste jede Art von Dreck und Schmutz. Mary Ann
war sauer, weil sie für diese Familienunternehmung

mit dem telefonieren aufhören musste. Betty war skeptisch und hielt die ganze Sache für Blödsinn. Gerald war aber fast so aufgeregt wie Danny. " Alle bereit?" Er sah in die Runde. Bis auf Danny und er, war es keiner. " Egal. Wenn ihr wollt könnte ihr ja drinnen bleiben. Ist eben nichts für Mädchen." Kim und Mary Ann freuten sich schon. Betty konnte diesen Spruch aber nicht auf sich sitzen lassen. " Wir kommen mit. Von wegen nichts für Mädchen." Trotzig machte Betty die Tür auf und sie gingen alle in den Garten. Gerald musste grinsen, denn Betty war immer so zu kriegen. Wenn er keine Lust hatte, den Abfluss unter der Spüle zu reparieren, brauchte er nur zu erwähnen das dass Männerarbeit sei. Er konnte sicher sein das Betty sofort mit dem Werkzeugkoffer ankam und sich an die Arbeit machte. Im Gänsemarsch ging die ganze Familie, an den Zaun und zählte die Pfeiler ab. Beim dritten Zaunpfeiler blieben alle stehen. Gerald stach den mitgebrachten spaten in die Erde. " Hier soll es sein." Er sah Danny an. Der nickte eilig. Gerald begann zu graben. Der Boden war nicht zu hart und es ging leicht. Schnell stieß er auf etwas Hartes. Er blickte mit einem Siegerlächeln zu Betty. " Das ist tatsächlich was." " Ist ja gut, du hattest Recht. Jetzt hol schon raus, was immer es ist." Gerald grub schneller und holte endlich eine Schuhkarton große Schachtel aus dem Loch. Danny flippte fast aus. Betty beruhigte ihn und nahm ihn auf den Arm. " Lass uns nach drinnen gehen und sehen was wir hier gefunden haben." Sagte Gerald. Selbst Mary Ann und Kim waren jetzt gespannt. In der Küche angekommen legte Gerald die Kiste auf den Küchentisch. Die gesamte Familie stellte sich um den Tisch und sah sich den Fund an. Die Kiste war aus Metall. Sie war ziemlich alt. Sie war verschlossen mit einem kleinen Vorhängeschloss, das schon sehr verwittert war. Gerald verschwand kurz und bald darauf mit Hammer und Schraubenzieher wieder. " Mr. Gruber hat dir sicherlich nichts von einem Schlüssel erzählt, oder?" Danny schüttelte fasziniert den Kopf ohne den Blick von der Kiste zu lassen. Gerald setzte den Schraubenzieher an und schlug mit dem Hammer auf das andere Ende. Mit einem lauten Knacken sprang das Schloss auf und die Kiste öffnete sich ein Stück. Betty konnte es nicht abwarten und hob den Deckel. Briefe lagen oben auf. Gerald nahm sich

einen und lass die Adresse auf dem Umschlag. "
Theodor Gruber, Palm Lane 156. Das ist diese
Adresse hier. Bist du jetzt überzeugt, Schatz.
Danny hat wirklich Mr. Gruber gesehen." Betty war
sprachlos und Danny empört. " Natürlich hab ich ihn
gesehen!" Gerald strich ihm lächelnd über den Kopf.
Betty wühlte, immer noch wortlos, in der Kiste. Sie
förderte Fotos, weitere Briefe und Papiere zu Tage.
Danny sah enttäuscht in die Kiste. " Das ist ja gar
kein Schatz. Das ist ja nur Papier. Na toll." Er ging
vom Tisch weg. Gerald wollte grad hinter ihm her,
als er sah wie Danny wie angewurzelt stehen blieb
und in den Flur sah. " Ist er wieder da?" Danny
nickte. " Was will er? Sagt er was?" Gerald blickte
den Flur hinunter. Sah aber nichts. " Er kommt auf
uns zu und lächelt. Ich glaube er kommt in die
Küche." Danny wich zurück und sah ins Leere. Gerald
tat es ihm gleich. " Betty, Mr . Gruber ist hier."
Betty erschrak und nahm beide Mädchen in den
Arm. " Was tut er, Danny?" Danny sagte nichts und
zeigte nur auf die Kiste auf den Tisch. Jetzt
konnten sie alle sehen was passierte. Die Kiste
wurde über den Tisch geschoben. " Wie von
Geisterhand." Gerald musste lachen. Betty musste

auch grinsen. Obwohl etwas Übernatürliches anwesend war. Hatte niemand Angst. " Er zeigt in die Kiste." sagte Danny. Gerald trat vor. Vorsichtig, so dass er Mr. Gruber nicht zu nah kam. Er nahm die Kiste und schüttete den Inhalt auf den Tisch. Sofort verteilte sich der Inhalt auf unnatürlich ordentliche Weise auf dem Tisch. " Und jetzt? Danny" Danny beobachtete, was nur er sehen konnte. " Jetzt zeigt er auf diesen Umschlag." Danny kam zum Tisch und schob den Umschlag zu seinem Vater. Es war ein großer braune Umschlag. Gerald zog den Inhalt langsam aus dem Umschlag und starrte fassungslos darauf. " Was ist das Dad ?" Mary Ann hatte ihre Stimme wiedergefunden. Gerald zog den Inhalt komplett heraus. " Das sind Wertpapiere. Sehr wertvolle noch dazu." Betty vergaß völlig ihre Bedenken und nahm die Papiere in die Hand. Sie kannte sich besser mit Aktien und Wertpapieren aus. Sie lass sie eins nach dem anderen. " Nun sag schon, sind die etwas wert?" Betty sagte legte die Papier vorsichtig auf den Tisch. " Wertvoll! Das ist der falsche Ausdruck. Derjenige der diese Wertpapiere besitzt ist reich, stinkreich." Gerald kriegte seine Mund gar nicht mehr zu. Bis Danny ihm am Ärmel zupfte. Danny sagte nichts, er zeigte zur Küchentür. Alle sahen in die Richtung. Langsam fast nicht wahrnehmbar, konnte man ein sehr schwaches Leuchten sehen. " Ich sehe etwas. " sagte Betty. Alle konnten jetzt etwas sehen. Das Leuchten wurde stärker und man konnte die Silhouette eines Mannes erkennen. Einen Augenblick später stand Mr. Gruber in voller Größe in der Küchentür. Er war ein alter Mann mit weißen Bart und ein wenig rundlich. Er stand einfach nur da und sah von einem zum anderen und lächelte. Dann sah er Gerald an und kam langsam auf ihn zu. Er bewegte den Mund und sagte etwas, aber es war nichts zu hören. " Danny hörst du Mr. Gruber? Was sagt er?" Danny stand neben seinem Vater. Mr. Gruber beugte sich zu ihm runter und redete mit ihm. " Er will dass wir die Papiere behalten. Er sagt das er keine Kinder hat und keine Familie. Er hat uns seit unserem Einzug beobachtet und findet unsere Familie toll." Betty jubelte leise. Mr. Gruber stand auf und ging zurück zur Tür. Er drehte sich um sah nochmal alle an und winkte dann. Er sah ein wenig traurig aus. Langsam verschwand er wieder, bis er völlig weg war. Betty hielt die Papiere in der

Hand und konnte es nicht fassen. Die Mädchen fingen zu reden. " Kannst du ihn noch sehen, Danny?" fragte Gerald seinen Sohn. " Nein er ist weg. " Danny rannte in den Flur und sah sich um. " Werden wir ihn wieder sehen Dad?" Ich weiß es nicht, Danny."

Betty fand später heraus, wie wertvoll die Aktien wirklich waren. Sie hatten den Gesamtwert von drei Millionen Dollar. Sie waren plötzlich reich. Gerald las die Briefe von Mr. Gruber und fand heraus das er einsam und allein verstarb und keine Erben hatte. Er hatte die Papiere irgendwann einmal gekauft und sie kurz vor seinem Tod im Garten vergraben. Familie Stubs hatte von dem Tag an nie wieder Geldsorgen. Es störte niemanden das ein alter Mann mit ihnen in dem Haus wohnte. Mr. Gruber war immer ein Teil der Familie die ihn als Hausgeist schätzte und lieb gewann.

Die Mutprobe

Sie fielen sich in die Arme. Alle drei hatten sich fast zwanzig Jahre nicht mehr gesehen. Nach der stürmischen Begrüßung setzten sie sich und sah sich um. " Schön hier." sagte Chris. Peter und Julian nickten. Es war einen Augenblick still zwischen den dreien. Peter durchbrach das Schweigen. " Könnt ihr euch noch erinnern was hier früher war. Ich meinte bevor sie diesen Komplex hier hin gebaut haben." er grinste weil er es genau wusste. Die beiden anderen grübelten. Dann brach es bei ihnen gleichzeitig hervor: " Johns Dinner!" Die Kellnerin kam. Sie bestellten sich einen großen Krug Bier tranken uns schwelgten in Erinnerungen ihrer Highschoolzeit. Sie lachten und erzählten. Sie tranken eine Menge Bier und waren schnell ziemlich angetrunken. " Ich habe euch schrecklich vermisst," lallte Julian " wir hatten immer so viel Spaß. Was ist aus euch

geworden? Ich bin Journalist für den Esquire."
Gekünstelter Beifall seiner Freunde " Chris, was ist
aus dir geworden?" Chris setzte sich grade hin." Ob
es glaubt oder nicht. Ich bin ein sehr guter Anwalt
geworden." schallendes Gelächter war durch die
ganze Bar zu hören. Andere Gäste drehten sich um.
" Moment Mal, der Chris den ich von damals kannte,
der wollte doch ins Schutzgeldgeschäft einsteigen
und Boss werden." Chris musste auch lachen. " Habe
mir dann doch einen anderen Beruf gewählt." Nun
war Peter an der Reihe. Julian und Chris sahen ihn
an. " Ich fahre einen Truck. Keine Truckersprüche
ich kenne sie alle schon." Keiner der beiden wagte
auch nur ein Wort zu sagen. Sie wussten dass er
schon damals Bärenkräfte hatte. " Es scheint ja aus
uns allen etwas geworden zu sein. Wisst ihr an wenn
ich jetzt im Moment denke?" Julian sah seine
Freunde an. Die nickten bedrückt. " An Andy!?"
sagte Peter. Chris holte tief Luft. " Ich habe über
die Jahre immer recherchiert, ob er jemals wieder
aufgetaucht ist. Fehlanzeige." Andy war das vierte
Mitglied der Clique. Er verschwand kurz vor dem
Highschoolabschluss spurlos. Die gesamte Stadt
suchte damals nach ihm. Vergeblich. Andy war ein
schlanker eher unsportlicher Typ. Einer von der
Sorte die man als Außenseiter auf dem Schulhof
sah. Er passte so gar nicht zu den anderen Dreien,

die sportlich und beliebt waren. Er war Peters bester Freund, sie kannten sich schon seit dem Kindergarten. Es war nie eine Frage Andy gehörte einfach zu ihnen. Julian und Chris sahen dass Peter feuchte Augen bekam. Peter war eins neunzig groß und fast so breit. Gefühle dieser Art traute man dem Koloss gar nicht zu. Er hatte Andy immer vor anderen beschützt und Andy der in der Schule sehr gut war, half allen Dreien bei Hausaufgaben oder Prüfungen. " Er hat nie die Prüfung geschafft!" sagte Chris ganz in Gedanken. Peter sah ihn wütend an. " Na und! Als wenn dass noch wichtig wäre." fuhr er Chris heftig an. " Ich meinte das doch nicht böse. Er hat doch auch immer über seine Angst gelacht, mit uns." Julian musste plötzlich anfangen zu grinsen. " Schisser!" Chris versuchte es, konnte aber auch sein Grinsen nicht verbergen. " Ach ja, Schisser." Sie sahen beide Peter an dessen Mundwinkel zu zittern anfingen, bis sie langsam nach oben stiegen und er mit grinste. " Schisser!" entfuhr es auch ihm. Alle drei brachen in schallendes Gelächter aus. Schisser so nannte sich Andy immer wenn er bei der gemeinsamen Mutprobe versagte. Es war schon so etwas wie ein Ritual, damals. Sie gingen nachts auf den kleinen abgelegenen Friedhof und erzählten sich dabei Gruselgeschichten. Wer als erstes abhaute hatte nicht bestanden. Andy schaffte es nie. Er schaffte es immer nur zwanzig Meter auf das Friedhofgelände und fing dann panisch an wegzurennen. Er wartete immer auf die Drei, bis sie zurück kamen an dem großem Schmiedeeisernen Friedhofstor. Das einzige Wort was er dann meistens stammelte war Schisser. Chris orderte bei der Kellnerin noch einen Krug Bier. "Fräulein, entschuldigen sie. Kennen sie sich hier in der Gegend aus?" Die Kellnerin nickte. " Was suchen sie denn?" Chris sah seine Freunde an. " Ich würde nur gern wissen ob es den Westend Friedhof noch gibt." Sie überlegte kurz. " Ja, den gibt es. Haben sie dort Verwandte liegen?" Julian meldete sich zu Wort. " Seine Tante wurde dort bestattet." dabei zeigte er auf Peter. Der griff sich seinen Finger und drückte ihn fest. Julian zog vor Schmerz Luft zischend durch die Zähne. " Ja, der Schmerz sitzt bei uns allen sehr tief." sagte Peter mit betonter Trauerstimme. " Viel Zeit bleibt ihnen dann aber nicht mehr." Die Kellnerin drehte sich um und holte vom Tresen das Lokale Blatt und legte es auf den Tisch. " Der Friedhof soll verlegt werden. Da steht es. Ich hole ihr Bier." Chris griff sich als erstes die Zeitung und Julian hielt seinen schmerzenden Finger. Peter grinste. "Hier steht es. Sie verlegen den Friedhof, um Platz für eine Shopping

Mall zu machen. Schade drum." Peter sah Chris an."
Was hast du vor? Ich kenne deinen Blick. So guckst
du nur wenn du etwas vor hast." Chris sah beide
verschmitzt an. " Was haltet ihr davon? Wenn wir
noch einmal den Friedhof besuchen, bevor er
verlegt wird. Der alten Zeiten und Andy wegen." Er
sah sie an und hielt seine Hand in die Mitte des
Tisches und wartete dass die beiden einschlagen
würden. Zögerlich schlug Peter ein. Julian
schüttelte den Kopf. " Das ist kindisch, das wisst
ihr, oder. Wegen Andy und der alten Zeiten." Er
schlug auch ein. Sie tranken schnell das Bier aus.
Chris sah zur Uhr. " Ich will mich noch schnell
umziehen. Wir treffen uns in einer halben Stunde
hier vor der Tür. Wo seid ihr eigentlich unter
gekommen?" Peter sah ihn an." Ich schlafe im
Truck, wo sonst." "Ich muss mir noch ein Hotel
suchen." sagte Julian. " Peter wo steht dein Truck?
Ich nehme Julian mit, dass er sich im Hotel
einchecken kann. Wir kommen dann zu deinem
Truck." " Ich zeige es euch gleich. Zu übersehen ist
er eigentlich nicht." Sie zogen ihre Jacken an und
verließen die Bar. Draußen zeigte ihnen Peter seinen
Truck. Er hatte ihn in der Seitenstraße, neben der
Bar, geparkt. Ein imposanter Langschnauzentruck, in
strahlenden Weiß mit roten Streifen.   " Ein Haus
auf Reifen. Alles drinnen, bis auf eine Dusche."

Chris und Julian waren beeindruckt und Peter konnte man seinen stolz ansehen. Sie trennten sich. Peter stieg in seinen Truck und Julian und Chris gingen zusammen ins Hotel. Als sie eine knappe drei viertel Stunde später zurück kamen. Stand Peter an seinen Truck gelehnt und wartete. " Na endlich. Soll ich fahren?" sagte Peter. " Eigentlich hast du doch was getrunken?" fragte Julian vorsichtig. " Für das kurze Stück zu wenig." lachte Peter und öffnete die Beifahrerseite. " Steigt ein und macht es euch bequem." Sie saßen in der geräumigen Kabine und Peter ließ den Motor an. Es war schon halb Zwölf in der Nacht und einige Anwohner sind von dem Lärm des Trucks bestimmt aus ihrem Bett gefallen. Dröhnend setzte sich das Ungetüm in Bewegung. Etwa zehn Minuten waren sie unterwegs, bis sie den Haupteingang des Friedhofes erreichten. Die Scheinwerfer leuchteten das Tor an. Es sah aus als wäre schon Jahre lang niemand hindurch gegangen. Peter stellte den Motor ab. Sie saßen eine Weile still in dem Truck und sahen auf das Tor. " Los raus und rein da. Bevor ich mir es noch anders überlege." sagte Julian festentschlossen. Es war stockdunkel und es dauerte bis sich ihre Augen an die Dunkelheit gewöhnte. Schemenhaft konnten sie die Umrisse des Tores erkennen. " Ich hab Gänsehaut." Chris scheute sich nicht das vor seinen Freunden zu sagen, denn er wusste ihnen ging es nicht besser. Julian klimperte in seiner Tasche. " Was machst du da?" fragte Peter genervt.

" Moment, ich hab es gleich. So jetzt." Ein Mini licht das an seinem Schlüsselbund hing, erhellte im Umkreis von fünfzehn Zentimeter alles. "Wow, fühle mich schon viel besser." Chris musste loslachen und verstummte auch wieder urplötzlich. " Das Tor ist offen!" Peter trat an das Tor. " Hat wohl jemand vergessen zuzumachen." Sie konnten erkennen dass das Tor einen Spalt offen stand. " Es war immer zu. Erinnerst du dich nicht?" Chris war ernsthaft verunsichert. " Mensch Chris das ist schon so lange her. Wer weiß wie lange das Tor schon offen steht?" Chris wollte sich damit nicht zufrieden geben. " Julian, gib mir mal deine Funzel." Er nahm sie und kniete sich auf den Boden. " Seht ihr das?" Er zeigte auf eine frische Schleifspur, die eindeutig von dem Tor stammte. " Jemand hat vor kurzem erst das Tor geöffnet." Er fühlte sich bestätigt und blickte auf das Friedhofsgelände, das in tiefes Schwarz getaucht war. Plötzlich sah er etwas aufblitzen im Dunkeln. " Da ist jemand." sagte er den anderen und zeigte in die Richtung. Julian und Peter sahen erschrocken in die angezeigte Richtung. " Das war bestimmt nur ne Täuschung." sagte Peter, nicht mehr so überzeugt. Wieder blitzte etwas auf. Es sah aus wie der Schein einer Taschenlampe. " Wer zum Teufel ist das? Kann einer von euch etwas erkennen?" Peter hatte ein leichtes kaum hörbares Zittern in seiner Stimme. " Keine Ahnung. Ich will es aber heraus finden. Kommt mit." Chris war wieder der alte Anführer der Clique. Ohne Wiederworte schlüpften Peter und Julian hinter ihrem Anführer durchs Tor. Chris blieb immer wieder stehen und wartete auf ein neues aufblitzen. Man konnte kaum die Hand vor Augen sehen. Sie konnten kaum den schmalen Weg folgen. Immer wieder stolperten sie über die Wegbegrenzung oder über umgestürzte Grabsteine. Dann war nichts mehr zu sehen. Sie warteten in der Dunkelheit darauf dass es wieder aufblitzte. Es geschah nichts. " Was jetzt?" fragte Peter. Sie kauerten an einer alten Eiche zusammen und überlegten was sie tun sollten. " Lasst uns abhauen. Was soll der ganze Mist überhaupt? Drei erwachsene Männer, wollen sich gegenseitig Angst machen. Warum?" Julian hatte keine Lust mehr. Er hatte einfach Angst. " Verstehe dich ja, aber warum bist du mitgekommen wenn du das hier für Mist hältst?" Die Frage war berechtigt und trotz der Dunkelheit sah Chris wie Julian grübelte. " Wir haben das Licht zu Letzt dort hinten gesehen. Es wäre das Beste wenn Peter von links kommt du

Julian kommst rechts herum und ich werde direkt darauf zugehen. Ich glaube dass es sich um irgendwelche Gruftis handelt. Los schnappen wir sie uns und verjagen sie von unserem Friedhof." " Ey langsam nimmst du das nicht ein bisschen zu Ernst?" Peter legte seine große Hand auf Chris Schulter. Chris kam runter und merkte wie er sich in die Sache rein gesteigert hatte. " Okay, bin wieder klar." Julian atmete auf." Gott sei Dank, dann können wir jetzt gehen?" Als es zwanzig Meter vor ihnen wieder kurz aufleuchtete." Da will uns doch jemand verarschen!" Peter hörte sich wütend an. Plötzlich wurden die drei angestrahlt. Das war kein aufblitzen mehr , irgendjemand hatte eine helle Lichtquelle direkt auf sie gerichtet. Es war als hätte jemand einen Scheinwerfer auf sie gerichtet. Sie waren geblendet und versuchten irgendwo Deckung zu finden. " Peter, Julian." rief Chris ohne zu wissen wo die beiden genau waren. " Peter links und Julian rechts. Schnappen wir uns den Penner!" Er hörte zweimal Ja und sagte: " Und los!" Sie stoben auseinander, als hätte jemand in einen Laubhaufen geschossen. Als Chris loslief, hielt seinen Arm vor die Augen. Er lief nicht er stolperte der Lichtquelle entgegen. Nur noch zehn Meter dann habe ich dich, dachte er und versuchte noch schneller zu sein. Dann war das Licht Weg und Chris stürzte ins Dunkle. Schmerzhaft spürte er die Rinde eines dicken Baumes an seiner Stirn. Vor seinen Augen explodierte ein Sternenmeer dann lag er halb bewusstlos auf dem laubbedeckten Boden. Es dauerte bis er wieder einen klaren Gedanken fassen konnte. Dann wusste er wieder wo er war und was grad passierte. Er setzte sich mit dem Rücken an einen Baum gelehnt auf. Er hörte Schritte. Er tastete seine Stirn ab und fühlte eine dicke Beule und etwas Flüssiges. Er blutete. Nicht besonders stark. Die Schritte kamen näher. Er versuchte etwas zu erkennen. Nichts. Er spürte wie Panik an ihm hoch kroch. " Peter, Julian. Seid ihr das?" In seiner Stimme schwang Verzweiflung. Er lauschte in die Dunkelheit. Die Schritte verstummten. " Wer ist da? Sagen sie doch was verdammt." sein Pulsschlag spürte er am Hals und seine Beine fingen an zu zittern. Er spürte die Nähe von jemanden. Dann hörte er wie die Schritte immer dichter kamen. Voller Panik wollte er auf springen und wieder losrennen. Doch das wäre völlig aussichtslos, er würde sich nur noch mehr verletzen. Er hörte wie ihn die Schritte umkreisten und langsam immer dichter kamen. Hinter dem Baum an dem er lehnte, blieben die Schritte stehen. Jetzt hatte die Panik Chris voll im Griff. Dicht neben seinem Ohr hörte er und spürte er jemanden schwer Atmen. " Angst?"

drang es heiser und zischend i sein Ohr. Jetzt war es ihm egal. Er sprang auf und rannte los, ohne auch nur das Geringste zu sehen. Er kam nicht weit und knallte mit dem Knie an einen harten Gegenstand, wahrscheinlich ein Grabstein. Er rollte, sich das verletzte Knie haltend, über den Boden. Dann versuchte er den Schmerz im Knie zu ignorieren und kroch am Boden weiter. Sein Blut rauschte in seinen Ohren. Trotzdem hörte er wieder die Schritte. Seine Hände tasteten den Boden nach herumliegenden Ästen ab, um sie als Waffe zu benutzen. Seine Hand fand einen Stein, etwa faustgroß. Er nahm ihn fest in die Hand und versuchte aufzustehen. Doch sein Knie versagte ihm seinen Dienst und er sackte wieder zu Boden. Er konnte die Schritte nicht mehr hören. Er spürte aber dass er nicht allein war. " Wer bist du und was willst du von mir?" schrie er in die dunkle Nacht. Als Antwort kam ein leises heiseres Kichern zurück. Wo waren Peter und Julian. Sie hätten ihn doch hören müssen. Es sei den ihnen war auch etwas zugestoßen. " Wer sind sie? Warum antworten sie nicht? Ich bin verletzt und brauch Hilfe!" Chris war verzweifelt. Er nahm den Stein hoch. Er würde sofort zuschlagen wenn jemand in seine Nähe kommen würde. Es war still. Sein Verfolger beobachtete ihn, dass wusste Chris. Plötzlich hörte er in der Ferne Julian schreien. " Peter, Chris wo seid ihr?" Chris wollte grade antworten, als die Schritte sich schnell von ihm entfernten. Sie liefen in die Richtung von Julians Rufen. " Julian! Pass auf da ist jemand." rief er so laut er konnte."Chris? Wo bist du? Mein Bein. Ich glaub es ist.." Plötzlich verstummte Julian. Angestrengt lauschte er in die Richtung. Ein gellender Schrei von Julian, ließ Chris alle Kräfte mobilisieren. Humpelnd und mit scherzverzerrtem Gesicht versuchte er in die Richtung zu gehen. " Julian sag was, damit ich dich finde." Schrie er. Als Antwort kam ein zweiter markerschütternder Schrei. Aber es half Chris die Richtung zu halten. Er kam zur Stelle wo er Julian vermutete. Ein leises Schluchzen war unter ihm zu hören. " Bist du das Julian?" " Ja, mein Bein ist gebrochen, hilf mir. Hier ist jemand. Komm schon. " So verzweifelt und panisch hatte Chris noch keinen Menschen gehört. " Pass auf, es geht steil herunter." Chris tastete am Rand des Abhangs entlang und entschied sich rückwärts auf dem Bauch, langsam herunter zu gleiten. In seinem Knie tobte der Schmerz und mit einem Schrei landete er am Boden des Abgrundes. "Sag was Julian. Ich sehe nichts. Oder mach deine kleine Lampe an." Einen Augenblick später sah Chris das schwache leuchten der Lampe, keine vier Meter von ihm entfernt. Er sah aber noch etwas. Er war sich nicht sicher, aber da war etwas zwischen ihn und Julian. Die Lampe war zu schwach, als das er mehr erkennen konnte. Er sah nur einen Schatten der fluchtartig zur Seite sprang als Julian sein Licht anschaltete. Man konnte hören wie etwas an Chris vorbei den Abhang hoch hastete. Aus Reflex riss Chris die Arme hoch, vor sein Gesicht. Eine Berührung an Chris Armen, lies ihn erschauern. Es fühlte sich kalt an. Eine Hose oder eine Jacke, die streift, fühlte sich an als hätte sie jemand in der Kühltruhe aufbewahrt und jetzt kalt angezogen. Dann war es still. " Bist du noch da, Chris?" leise hörte er Julian. Er kroch auf das schwache Leuchten zu und konnte schwach Julian sehen. " Ich bin bei dir. Wo ist Peter?" Er erreichte den zitternden Freund und nahm ihm seine Lampe ab. Er leuchtet Julians Beine ab. Das rechte war unnatürlich verdreht und als er es vorsichtig abtastete spürte er den Knochen der unter der hervor stand. Julian blutete stark. " Verdammt, ist es schlimm? Ich wollte so schnell das Licht erreichen und bin dann hier runter gestürzt. Und dann war das Ding hier. Es war so kalt und unheimlich. Ich wäre vor Angst fast gestorben." Chris machte sich an seinem Gürtel zu schaffen. Er wollte ihm das Bein abbinden, damit Julian nicht verblutete. Er musste ihn so schnell wie möglich in ein Krankenhaus bringen. " Nicht so schlimm. Du hast schon besser ausgesehen. Ich mach dir eine Beinpresse und schiene dein Bein und müssen wir hier weg." Er band Julians Bein ab und suchte dann Stöcker um Julians Bein provisorisch zu schienen. " Chris was ist hier passiert? Was war das für ein Ding? Es war ein Geist oder sowas, da bin ich mir sicher." Chris wollte Julian beruhigen und dem Schock entgegen wirken. " Mach dich nicht lächerlich. Geister es nicht! Es gibt für das alles eine Erklärung." sagte er gegen seine Überzeugung. Denn er glaubte auch dass es ein Geist war. Nach dem er Julians Bein unter unmenschlichen Schmerzen , geschient hatte, setzte er sich neben ihn. " Ich schätze dass wir noch warten müssen. Ich kann dich bei dieser Dunkelheit nicht allein den Abhang hoch schleppen. Wo steckt Peter, bloß?" " Es wird ihn auch erwischt haben. Was sollte ihn sonst aufhalten." Chris wollte antworten, aber ihm fiel nichts ein. Er fühlte sich hilflos. " Wir bleiben zusammen und warten bis es dämmert. Dann schaffe ich dich hier raus." Er versuchte so positiv wie nur irgend möglich zu klingen, was ihm nicht wirklich gelingen wollte. Doch bevor Julian ihm antworten konnte, hörten beide wie Jemand durchs Unterholz ging. Sie sahen einen Lichtschimmer der durch die

Bäume tanzte. Julian fing an zu zittern. " Verdammte es kommt zurück." Chris suchte nach Schlaginstrumenten um sie zu verteidigen. " Still jetzt. " Er hatte alle Mühe Julian ruhig zuhalten und überlegte ob er ihn zur Sicherheit KO schlagen sollte. Er legte ihm die Hand auf den Mund und sah wie das Licht heller wurde. Gleich wäre es da und würde zu ihnen runter steigen. Chris merkte wie auch ihn wieder die Panik überkam. Den Ast fest im Griff sah er wie eine Taschenlampe über den Rand des Abhanges leuchtete. " Seid ihr da unten?" Peters Stimme klang wie ein Befreiungsschlag. " Peter, dich schickt der Himmel, ich dachte du wärst.." weiter sprach er nicht. Peter erreichte die beiden schnell und sah dass seine Freunde verletzt waren. " Um Gotteswillen. Was ist den mit euch passiert?" Peter erkannte schnell wie ernst die Lage war. Chris hatte eine riesige Platzwunde am Kopf und ein dickes Knie schien aber relativ im zu sein. Julian war kreidebleich und hatte einen offenen Schienbeinbruch, der dilettantisch geschient war. Das Bein war dafür perfekt abgebunden und die Blutung fast gestoppt. " Kannst du allein da hoch?" fragte Peter Chris. " Ich schaff das schon kümmere du dich um Julian." Chris raffte sich hoch. Sein Knie brannte wie Feuer bei jedem Schritt. " Halt warte, Chris. Ich habe hier etwas entdeckt." Chris drehte sich um und sah wie Peter in einen Busch leuchtete. Aus dem Busch ragte eine Skeletthand. Hatte man hier einfach eine überflüssige Leiche entsorgt. "Ich glaub es nicht. Chris sieh dir die Uhr an. Ich glaube das hier ist.." Er sprach nicht weiter. Chris humpelte so schnell er konnte zurück. Peter stand vor dem Busch und war versteinert. Chris sah auf die skelettierte Hand. Lose um das Hand, hing eine Armbanduhr. Chris erkannte sie sofort. Andy war damals so stolz auf diese Uhr, dass er sie nie abnahm. " Andy!" sagte Chris leise. Peter nickte wortlos. Julian lag am Boden. " Was ist mit Andy?" Julian war trotz der schwere seiner Verletzung mit einmal munter und versuchte sich auf zusetzen. " Wir haben Andy gefunden." Peter bückte sich und zog den Busch auseinander. Ein Skelett mit Andys Klamotten, lag mit gebrochenem Genick darunter. " Er muss versucht haben, die Mutprobe alleine durchzuziehen und dabei ist er hier verunglückt." Peter und Chris standen schweigend vor dem Skelett. " Ich habe es geschafft ihr Schisser." die Stimme kam von oben. Peter riss die Taschenlampe hoch und leuchtete den Rand ab. Da war der Schatten. Für einen Bruchteil einer Sekunde, sahen Peter und Chris Schemenhaft Andy. Er saß lächelnd am Rand des Abhanges und grinste die beiden frech an. Dann war er plötzlich verschwunden. Die Angst die Chris vorher spürte verwandelte sich in Trauer und dann in Zufriedenheit. " Wir sind wieder komplett." sagte Chris leise zu Peter. Er sah in Peters Gesicht das gleiche Gefühl. Julian war weggetreten. Peter nahm ihn auf die Schulter und schaffte ihn zu seinem Truck. Chris schaffte es auch, nur viel langsamer. Peter kam ihm entgegen um ihm zu helfen. " Ist das wirklich passiert? Haben wir eben Andy gesehen?" Peter schwieg. Chris redete weiter:" Wo warst du eigentlich, nachdem wir uns getrennt hatten?" Peter sah Chris an. " Wir sind losgelaufen. Als ich fast die Stelle erreicht hatte wo das Licht war, hörte ich Schreie. Ich war wie gelähmt. Als mich in der Dunkelheit jemand an der Schulter packte und herumriss." Chris hörte aufmerksam zu. " Und weiter?" Peter druckste bis er schließlich sagte:"Versprich mir, dass du es niemandem erzählst." Chris nickte. " Als ich diese eiskalte Hand auf meiner Schulter spürte, bin ich in Panik geraten und weggerannt. Ich lief wie vom Teufel gejagt bis zu meinem Truck. Kurz bevor ich ihn erreichte hörte wie jemand hinter mir her rief." Peter schluckte. " Er rief `Schisser`und lachte wie verrückt. Ich bin dann zum Truck hab meine Taschenlampe geholt und mich auf die Suche nach euch gemacht. Immer wider hatte ich dass Gefühl jemand beobachtet mich. Prompt habe ich mich ein paarmal verlaufen. Chris ich habe noch nie in meinem Leben solche Angst gespürt."Chris nickte. " Von mir wird niemand ein Wort erfahren. Auch wenn du keinen Grund hast dich zu schämen. Denn du bist nicht der einzige de heute Nacht gelernt hat, was Angst bedeutet." Schweigend gingen sie zum Truck und fuhren Julian auf dem schnellsten Weg in die Klinik.

Als sie einen Tag später zusammen am Bett von Julian saßen, schworen sie sich über diesen Abend nichts zu erzählen. Andy hatte ihnen gezeigt dass auch sie Schisser waren. Sie wussten dass er auf sie auf dem Friedhof gewartet hatte und ihnen ihr Gelächter von damals heimzahlte. Alle drei glauben bis heute nicht das er sie verletzen wollte.